Maren Sell
Der letzte Liebhaber

Maren Sell

Der letzte Liebhaber

Aus dem Französischen
von Annette Lallemand

Claassen

Dem Andenken meines Vaters

Für Georges und meine Kinder,
Charlotte, Sandra, Katia, Kunga

2. Auflage, Oktober 1996

Die Originalausgabe erschien 1994 unter dem Titel
»Le dernier amant« bei Editions Stock, Paris

Satz und Druck: Gerstenberg Druck GmbH, Hildesheim
Gesetzt aus der Bembo
Gedruckt auf chlorfrei gebleichtem Papier
Printed in Germany
ISBN 3-546-00106-0

Willst du dir die Nymphe gewinnen,
sei gut und freundlich all dein Beginnen.
Leiden ist der Liebe Los.
Schönheit mit Gewalt bezwingen,
kann nur halbes Heil dir bringen,
lebenlos und liebelos.

Acis und Galathea

Mit dem Sommer war auch die Liebe vorbei. Aber was heißt vorbei?

Schon vom ersten Augenblick an gehörte sie ihm, und ein Ende ist nicht abzusehen.

Die Liebe zwischen Julien und Jeanne hatte gerade erst begonnen. Sie hatte alles getan, damit sie endlich begann. Monatelang hatte sie darum gerungen, hatte gekämpft, sich erniedrigt, sich preisgegeben, ohne eine Antwort zu bekommen. Am Schluß hatte er dann doch nachgegeben, ihr Flehen erhört. Die Linden dufteten bereits, die Margeritenblüten lagen abgezupft am Boden. Als er bereits wußte, daß er fortgehen würde, hat er ja gesagt.

So wird es wohl gewesen sein.

Wieviel Zeit wird nun vergehen, bis er nur noch ein Schatten ist und sie ihr wahres Gesicht zurückgewinnt? Natürlich wird sie vergessen. Ein plötzliches Ende ist selbst für den Glücklichen manchmal ein Trost. Sicher, es war über sie hereingebrochen. Er war so jung. Also ist sie, und nicht er, entgleist.

Der Sommer hielt noch an. Die Familie war in den Ferien. Jeanne war allein in Paris geblieben. Um ihn noch ein letztes Mal zu sehen. An einem Samstag abend im Juli, am heißesten Tag. Danach war sie nach Hause gegangen, aufgelöst, bis auf die Knochen durchnäßt, es wurde schon tiefe Nacht. Im leeren Hof war sie stehengeblieben. Ihre nackten Füße spiegelten sich auf dem Pflaster, das vom Regenwasser glänzte. Sie blickte zu einem unbeleuchteten Fenster hinauf: dort hatte er gestanden, im Mittelpunkt einer von nun an lichtlosen Fassade. Im Innersten ihres Herzens. Und dabei lächelte sie, innerlich ausgebrannt. Nicht wirklich traurig, auch nicht verzweifelt. Sie hatte begriffen, daß dieses Kapitel abgeschlossen war. Er würde weit weg sein, unerreichbar. Für immer ihren Blicken entzogen.

Die Nacht würde wieder still werden, friedlich, öde. Sie war verbraucht, das sah man ihr an.

Man läßt sich nicht in den Sog des Verlangens treiben, um seinen Lebensbaum mit Blüten zu schmücken und Girlanden um seine Äste zu winden. Man gibt sich preis: dies ist mein Leib. Damit die Lust ihn zerzaust, ihn verschleißt, ihn verzehrt. Schließlich waren sie beide am Ende ihrer Kräfte angelangt. Und er hatte sich auf den Weg gemacht, weit nach Osten. Dort wollte er bleiben, so lange, bis aus ihm ein Mann geworden ist.

Und so war es geschehen.

Jeanne war eine glückliche Frau, nicht mehr ganz jung. Dann kam jemand, den sie nicht hätte lieben dürfen.

Es ist der Geburtstag ihres Mannes, Boris, der immer gleichbleibend charmant und allen gegenüber so zuvorkommend ist. In geschäftlichen Dingen wird ihm großes Geschick bescheinigt. Er ist fünfzehn Jahre älter als sie, aber seine Gesichtszüge sind so glatt, als hätte das Leben ihm niemals etwas anhaben können.

Die Deckenleuchter brennen. Vor einem wolkenlosen Himmel hat der Herbst seine Schleier ausgespannt. Alles ist so sanft und friedvoll wie in jenen Momenten, wo man sich ein wenig sterben läßt, weil das Glück weh tut.

Freunde sind gekommen. Und Elisabeth ist da, die seit Jeannes Heirat im selben Haus wohnt. Sie sollte zur Familie gehören, das hatte Jeanne sich gewünscht. Zahlreiche Gäste sind der Einladung gefolgt.

Das alte Haus mitten in Paris steht unter Denkmalschutz. Die Kerzen strahlen zurück aus den Spiegeln, das Fest kann beginnen. Auf spitzenverziertem Tafeltuch über einem langen ovalen Tisch im Erdgeschoß ist das Buffet aufgebaut. Der Salon mit seinen schweren, üppigen Sofas befindet sich im ersten Stock. Ihre beiden Töchter, neunzehn und zwanzig Jahre alt, haben ihre Freunde eingeladen, gleichaltrige junge Männer. Sie sind zu dritt erschienen, einen Blumenstrauß in der Hand. Einer hält sich abseits, die anderen beiden kommen quer durch den Raum direkt auf sie zu. Der Strauß landet in den Armen der Mutter. Sie nimmt ihn, hebt den Kopf, ihre Augen weiten sich, sie tritt einen Schritt vor, löst sich von den anderen und lächelt den Jungen entgegen.

Sie trägt ein blaßrosa Kleid, in dem sie sich lässig bewegen kann. Es ist knöchellang, und in Brusthöhe hat sie sich eine schwarze Chrysantheme angesteckt. Ihr blondes Haar wird von einem Band gehalten. Sie schminkt sich nur selten, doch an diesem Abend schimmert ihre Haut wie durchsichtig. Alles an ihr leuchtet – bis auf diese Falte um ihren Mund und das dunkle Blau ihrer Augen. Für diese Jungen, die jetzt vor ihr stehen, ist sie eine reife Frau, die auf nonchalante Art ihre Gäste begrüßt. »Danke, ein reizender Strauß.«

All diese Leute, die sie da eingeladen hat, sollen eine Überraschung werden für ihren Mann, denn er liebt großzügigen Stil. Essen und Trinken ist im Überfluß vorhanden. So sieht er im Schein der Kerzen die Tradition gewahrt. Das Haus ist seit eh und je im Familienbesitz.

Jeanne und Boris halten sich bei den Händen. Ein schönes Paar. Die Liebe hat beide bereichert. Das läßt sich an ihren Gesichtern ablesen, an den ineinandergelegten Händen. »Meine einzige Leidenschaft, die nicht nur Leidenschaft geblieben ist«, sagt Jeanne manchmal, noch immer erstaunt darüber.

Anja, ihre achtjährige Tochter, hat sich zur Feier des Tages einen Zopf geflochten. Für ihren Vater hat sie einen Hund aus Ton getöpfert, mit grünen Augen und braunen

Ohren. Sie geniert sich, als er ihn den Gästen zeigt, und versteckt ihren Kopf unter den Sofakissen.

Es wird Champagner getrunken. Die Gastgeberin serviert persönlich, geht von einer Gruppe zur nächsten, sagt überall ein paar Worte, eigentlich immer dieselben. Plötzlich hält ihr Blick inne: die drei Jungen, jeder eine Flasche in der Hand, bedienen ihrerseits die Gäste, als gehörten sie zum Haus. Dann kann sie's ja aufgeben. Sie geht in den hintersten Raum, die Bibliothek. Als das Glas in ihrer Hand leer ist, steht plötzlich einer der Jungen neben ihr und will neu einschenken. Eine harmlose Geste, doch unerwartet, von ihr nicht vorgesehen. Und mit einemmal fühlt sie sich so herrlich schwach, läßt sich gehen und streckt ihr Glas hin. Sie schaut hoch, ihr Blick trifft auf den des Jungen, der da aus dem Nichts aufgetaucht ist und ihr sein Lächeln schenkt, und damit alles, was er besitzt.

Das Ohrläppchen ziert ein kleiner Ring, ein schmales Lederband hängt ihm um den Hals, und wenn man dem Haaransatz auf der Brust folgt, erahnt man die Brustwarzen; eine verwaschene Jeans umspannt die Hüften. Er ist groß, und sein Blick kommt von oben, senkt sich tief nach unten, einem Abgrund zu. Langsam, sehr langsam neigt er die Flasche über das Glas, hält inne, gießt äußerst behutsam den Champagner ein. Er ist konzentriert, möchte es besonders geschickt machen. Doch plötzlich sieht sie, wie seine Hand zu zittern beginnt, er wirkt verwirrt, vergißt, was er tut, und alles ist überschwemmt.

Es läuft ihr über die Hand, rinnt zwischen den Ringen hindurch, bis zum altrosa Ärmel des Kleides. Sie schaut auf ihre Hand und dann zu ihm hoch. Er ist ganz blaß geworden. »Sie zittern ja«, sagt sie. Blickt ihn nicht mehr an, zittert selbst. Daß ihre Hand trieft, fällt ihr jetzt erst auf. Ein nervöses Lachen, halb Angst, halb Aufregung, befällt den Jungen. Schließlich öffnet sich der zuvor fest verschlossene, abweisende Mund zu einem Seufzer, gemischt aus Erstaunen und Entschuldigung, einem geradezu himmlischen Seufzer: »Daran sind Sie schuld.«

Schweigen. Das ist alles. Er wendet sich ab. Das Glas ist bis zum Rand gefüllt, die Tropfen perlen auf der Haut. Sie versucht gar nicht, das Mißgeschick zu beheben. Nach einer Weile, nachdem sie ihm mit den Blicken gefolgt ist, führt sie ihre Lippen zum Glas, um einen Schluck zu trinken. Als sie den Kopf wieder hebt, runzelt sie kaum merklich die Brauen, als wolle sie jemandem seine Ungeschicklichkeit vorwerfen. Der Junge ist verschwunden. Sie verharrt noch, zerstreut.

Von diesem Augenblick an gehört sie ihm. Das sieht man. Was sie sich insgeheim wünscht, besitzt er. Von diesem Augenblick an wird ihre Nacht zum Feuerwerk.

Ob sie eine schlechte Nachricht erhalten habe, fragt man sie. Sie versteht die Frage nicht, sucht ihn noch mit den Augen, da ist er ja, die langen, im Nacken zusammengebundenen Haare, die Bewegungen eines stets wachsamen Tieres, der geschmeidige, wiegende Schritt.

Noch einmal mischt Jeanne sich wie beiläufig unter die Plaudernden, aber es ist das letzte Mal. Sie strebt dem Sofa zu und läßt sich in die Kissen sinken. Von dort aus betrachtet sie, von jeder Verpflichtung befreit, den Ablauf des Festes. Sie unterscheidet die einzelnen nicht mehr. Eine fröhliche und ungezwungene Menge. Von Zeit zu Zeit hebt sich aus den farbigen Flecken eine graue Gestalt, nimmt sie ein früh ernst gewordenes Kindergesicht wahr.

Wieder vermischen sich die Farben, man setzt sich neben sie, spricht mit ihr, sie antwortet, ohne darüber nachzudenken, was sie sagt. Sie hat sich tief in den Kissen vergraben, weiß nicht, wohin mit ihren Händen. Ein unbestimmter Schmerz zeichnet ihre Gesichtszüge. So ganz kann sie es noch nicht glauben, sie scheint sich Fragen zu stellen.

Elisabeth steht am anderen Ende des Zimmers, dicht beim Fenster. Sie hatte ihre Freundin nicht aus den Augen gelassen und sofort gesehen, daß Jeanne sich eingelassen hatte, daß es für sie kein Zurück mehr gab. Sie hatte ein Ziel gefunden und würde sich ihm entgegentragen lassen wie von einem Fluß. Dies hatte Elisabeth gesehen und Angst bekommen.

Jetzt ist Jeanne allein auf dem Sofa, in Sicherheit vor dem Tumult des Festes, sie hat sich nicht von der Stelle gerührt. Ihr Blick wandert von einem zum andern, ohne irgendwo Halt zu suchen. Möglich, daß sie um Hilfe fleht. In diesem Augenblick kommt der Junge wieder auf sie zu. Es ist schon spät, fast Mitternacht. Er kommt auf sie zu wie jemand, der schon im Bilde ist, mit diesem verlegenen und gleichzeitig herausfordernden Lächeln. Jetzt steht er vor ihr, die anderen sind weit weg. Nun lächelt auch sie ihm zu, schließt einen Moment lang die Augen. »Vagabunden«, hatte ihre Tochter Lucile gesagt. »Sie streunen durchs Leben.« Sie hält die Augen geschlossen, als wollte sie sich vorstellen, wie dieser junge Mann in ihr Haus eindringt, in dem es keinen Sohn gibt.

Julien will ihr nur sagen, daß er jetzt geht, jetzt gleich, mit Hippolyte und Denis. Daß es Zeit ist, die Familie allein zu lassen. Deutlich markiert er den Unterschied zwischen ihr und einer anderen Welt, in die er nun zurückkehren wird.

Alle drei haben sich höflich verabschiedet. Lärmend stürmen sie die Wendeltreppe hinunter, laufen durch die Küche, als wären sie hier zu Hause. Man hört ihre Schritte im Hof. Jeanne reckt sich und steht unvermittelt auf. Dieser Abschied reißt sie aus ihrer Benommenheit. Sie rempelt jeden an, stolpert, stößt sich am Türrahmen und stürzt davon, als müsse sie ersticken. Für sie ist das Fest jetzt anderswo, ihr Verlangen führt sie nach draußen.

Sie stürmt die Treppe hinab. Nur wer sich hingibt, ist ganz bei sich selbst, das hatte sie schon immer gesagt. Sie ruft hinter den drei Jungen her. Sie machen kehrt. Sie steht wie vor einer Mauer, stumm, als habe sie vergessen, was ihre Bewegung rechtfertigen könnte. Die Jungen sehen, wie sie die Lippen öffnet, ohne ein Wort hervorzubringen. Wie ein Anfall ist es über sie gekommen, und jetzt steht sie ebenso unbeholfen da wie die anderen, die es wegen ihrer Jugend sind. Sie sucht nach einem Satz, denkt nach. An ihrer Gestik ist abzulesen, was sie vorschlagen möchte: Sie sollen hier wohnen, bei ihr, in diesem Haus, die Wohnung zum Hof gegenüber dem Salon, aus der ihre Tochter gerade ausgezogen ist, um sich im vierten Stock, unter dem Dach, den Blicken der Eltern entzogen, einzurichten. Sie spricht hastig, zeigt mit fahrigen Gesten die Örtlichkeiten.

Altern heißt auch, die Scheu zu verlieren, etwas zu erbitten.

Sie scheint zu insistieren: »Kommt, wohnt hier.«

An welche Nähe denkt sie? Ein Raum ist einzunehmen, für die Jungen wie maßgeschneidert, und so maßlos wie ihre Nacht.

Schweigend schauen die Jungen einander an, als fänden sie den Vorschlag seltsam und reizvoll zugleich. Julien streicht sich über die Stirn, sie lauert auf ein Zeichen der Zustimmung. Sein Freund Hippolyte dankt. Das Angebot ist willkommen. »Wir suchten tatsächlich etwas, Julien und ich. Denis ist schon untergebracht.« Wann? Sofort? Toll. Jeanne erforscht Juliens Gesicht. Der gleiche Ausdruck, der sie so verwirrt hat.

»Wenn das so ist ... wenn Sie wollen ...« Die Wörter sind kaum hörbar.

Blitzartig zeigt sich auf dem Gesicht des jungen Mannes Stolz über das Verlangen, das er geweckt hat. Und dieses Bild bleibt. Unauslöschlich.

»Dann ist ja alles bestens«, stammelt sie hastig.

Wendet sich ab, läßt sie stehen, schreitet gemessen die Treppe hinauf, wobei sie mit beiden Händen das Kleid rafft.

Nun steht sie neben ihrer Freundin Elisabeth. Ihre Wangen glühen, es ist warm im Festzimmer, ihre Erregung ist für jeden sichtbar. Ob man ihre Abwesenheit bemerkt hat? Mit Blicken sucht sie nach Boris, dann nach Lucile, ihrer Tochter. Sie neigt sich über die Schulter ihres Mannes und flüstert ihm ein paar Worte ins Ohr. Die beiden Jungen werden wohl hier einziehen, teilt sie ihm mit. Sie stützt sich auf den Kaminsims. Die Kerzen in den Leuchtern sind fast niedergebrannt. Die Schüsseln sind halb leer, jemand setzt sich ans Klavier und spielt die *Träumerei* von Schumann. Sie bittet Lucile zu singen. Hier, auf den

Kamin gestützt, fühlt sie erneut, was sie schon verloren glaubte: Eine Bedrohung, einen Fluch, die Liebe.

Das ist der Anfang vom Ende. Von nun an wird sie gegen alles anrennen, was ihr im Wege steht: das normale Leben des Alltags.

Das Fest geht zu Ende. Sie begleitet die einzelnen hinaus. Bleibt die Familie. Die kleine Anja ist auf den Kissen eingeschlafen. Jemand hat ihr eine Decke über die Beine gelegt. Die beiden Großen sitzen neben ihrem Vater, eine Einheit. Gemeinsam, wie so oft, lassen sie den Abend noch einmal Revue passieren, sprechen auch über die Jungen.

»Verrückte Kerle«, sagt eine der Töchter, »sie rennen durch die Nacht, ohne zu wissen, wohin. Die schlafen nicht.«

Elisabeth war in ihre Wohnung im vierten Stock, unter dem Dach, hinaufgegangen. Hofseite. Sie hatte nicht sofort Licht gemacht. Alles war ruhig, die Nachbarn waren zu Bett gegangen, sie lauschte in die Stille der Nacht. Sinnierte, was da vorgefallen war. Dann warf sie einen letzten Blick durchs Fenster. Im Salon brannte immer noch Licht. Sie hatten einen Kreis gebildet, waren noch enger zusammengerückt, als wollten sie einander beschützen. Jeanne saß mit zurückgelehntem Kopf da, sie war anderswo, geistesabwesend, wie sie es früher häufig war. Dann sah Elisabeth, wie Boris aufstand, zu seiner Frau trat und sie mit unendlicher Zärtlichkeit auf die Stirn küßte.

Über diesem Bild erlosch das Licht.

Das Leben verlangt offenbar, daß wir genau in dem Augenblick, da wir uns freuen, ein friedvolles Ufer erreicht zu haben, unvermittelt in den Strudel zurückgeworfen werden. Eine Leidenschaft bricht auf und droht die scheinbar gefestigte Ordnung unseres Daseins zu sprengen.

Elisabeth konnte nicht schlafen. In dieser Nacht schlugen die Fensterläden. Sturm kam auf. Sie lag auf dem Bett, ihre Gedanken überschlugen sich. Sie versuchte sich vorzustellen, was passieren würde, doch dann kam der Moment, wo sie müde wurde und ihr Kopf zum Schweigen kam. Sie wußte, daß hier ohnehin niemand helfen konnte.

Alles übrige wird allein der Körper entscheiden.

Am nächsten Morgen blieben die Fensterläden bis in den späten Vormittag geschlossen. Gegen elf Uhr stapfte Anja zu Elisabeth hinauf.

Elisabeth trug eine graue Hose und einen grauen Pullover. An einem Kettchen baumelte die Brille. Der Rollkragen reichte bis zu den festen, schwarzen, im Nacken kurz geschnittenen Haaren hinauf. Vor zwei Jahren war sie Großmutter geworden. Ein hochgewachsener, Ruhe ausströmender Körper, dem eines Mannes ähnlich, der sich nicht mehr zu beweisen sucht.

»Machst du mir Frühstück?«

Als sie hereinkam, hatte die Kleine ihr Häschen auf den runden Tisch vor dem Fenster gesetzt, neben die Tasse, in der noch etwas Milchkaffee war.

»Aber Wachtelchen, es ist doch schon bald Zeit zum Mittagessen.«

»Ich weiß. Mama ist aber immer noch im Bett.«

»Magst du Kakao?«

»Und du?«

»Ich bin schon fertig.«

»Kannst doch nochmal anfangen.«

»Wenn du meinst.«

Elisabeth kocht Kakao, nimmt ein angebrochenes Paket Zwieback aus dem Wandschrank und entdeckt im

Kühlschrank einen Rest Butter. Vorräte hat sie selten; häufig ißt sie unten bei ihren Freunden im Eßzimmer. Ab und zu macht sie sich selbst schnell einen Toast mit Quark, bereitet ein Tiefkühlgericht zu oder öffnet eine Dose Makrelen, die sie im Bett oder stehend vor dem Spülstein verschlingt. Der runde Holztisch dient vor allem als Arbeitstisch, manchmal auch für eine Pause, wenn sie einen Kaffee trinkt, in den sie – wie es in Nordafrika Sitte ist – ein wenig Orangenblütenessenz geträufelt hat.

Die Milch ist jetzt heiß. Sie setzt sich Anja gegenüber.

»Hast du wenigstens gut geschlafen?«

»Ja, schon.«

»Und das Fest?«

»Hat mir nicht gut gefallen. Zu viele Leute, und Papa hat dauernd meinen Hund herumgezeigt.«

»Ja, aber, das ist doch nett!?«

»Nein, das sollte unter uns bleiben.«

Anja trinkt ihren Kakao, knabbert an einem Zwieback, greift zerstreut nach der Packung, dreht sie um und liest bedächtig, mit beflissenem Stimmchen, die Inhaltsstoffe und Ernährungsratschläge für Kinder. Sie schiebt die Packung weg und sagt:

»Zwieback ist wie der liebe Gott.«

»Wie meinst du das?«

»Macht Kinder groß.«

Aus den Augenwinkeln schaut sie zu Elisabeth hinüber, ohne den Kopf zu wenden. Sie hat die blauen Augen ihrer Mutter, sehr groß und blau wie die Seen hoch im Norden. Eine feine, reine, milchweiße Haut spannt sich über hübsche Bäckchen, sanft geschwungene Brauen, heller als die Haare, und kohlschwarze Wimpern. Ihr Gesicht ist sehr reif für ihr Alter. Eine kleine Sissi, sagen manche, und ihr gefällt das. Sie hat den Film im Fernsehen gesehen, Sissi, die mit ihrem Vater durch die Wälder streift und das Wild beobachtet.

Anja lauert auf eine Reaktion, schaut immer noch spitzbübisch, ihr Auge blitzt vor Schalk und Intelligenz.

»Wachtelchen, du bist hinreißend«, sagt Elisabeth, die auch an einem Zwieback knabbert. »Dann wollen wir mal groß werden.«

Jetzt lacht Anja schallend.

»Aber du brauchst doch nicht mehr groß zu werden.«

»O doch, mein Schatz, wenn wir Gott gefallen wollen ...«

Sie hat sie ins Herz geschlossen, diese kleine Anja, ihre Art zu diskutieren, diese schnellen Fortschritte im Denken, diese Wachheit, diesen Erfindungsreichtum. Ein Kleinod. Sie hat einen Ehrenplatz in ihrem Herzen.

Anja schickt Elisabeth zu einer bestimmten Schublade. Darin ist Papier, das weiß sie, und ein Bleistift. Sie will Stadt-Land-Fluß spielen. Sie liebt alles, was aus Schubladen kommt, alles, womit man schreiben, kleben, radieren, unterstreichen kann. Womit man Geschichten erfinden kann, wie sie sagt. Sie fängt an zu kritzeln, Papier zu falten, und das tut sie sehr gewissenhaft, sehr ernsthaft. Doch als sie fertig ist:

»Geht deine Uhr?«

»Sie geht gut, schließlich hat sie mir deine Mutter geschenkt.«

»Ich weiß. Ich geh mal nachsehen. Jetzt müßte sie eigentlich aufsein.«

Um elf Uhr ist das Bett genauso zerwühlt wie Jeanne selbst. Gleich ist es Mittag, ihr bleibt nichts anderes übrig, als das Laken zurückzuschlagen und aufzustehen. Boris ist längst unten, vielleicht hat er mit dem Aufräumen begonnen. Dabei ist Aufräumen doch ihre Sache.

Sie räumt ständig auf. Zwischen dem Haus in Paris und dem Haus auf dem Land müssen dauernd Dinge hin- und hergetragen werden, Wäsche muß zum Waschen, zum Bügeln gegeben, in die Schränke eingeräumt werden, Kleidungsstücke sind zu sortieren, Pflanzen zu pflegen. Ihr kommt es vor, als sei das ganze Familienuniversum mit einem Ballast von Unordnung beschwert, da jeder einen Haufen Durcheinander hinter sich läßt. Und wenn sie nicht Sorge walten ließe, würde ihr Lebensrahmen in schwindelerregendem Tempo auseinanderbrechen und auch die zuverlässigsten Dinge zum Schreckgespenst werden lassen. Daher wacht sie darüber, daß alles einigermaßen intakt bleibt und an dem von ihr zugewiesenen Platz.

Wenn man sich für ein übervolles Leben entschieden hat, ist das einzige Heilmittel gegen das Chaos der Kampf darum, dieser Überfülle die bestmögliche Form zu geben. Früher, vor ihrer Heirat, da besaß sie nichts, da ging sie gedankenlos dahin, getrieben vom Wind. Jetzt hat sie ein rundes, erfülltes Leben. Dieses Leben belastet sie manchmal.

Im Badezimmer setzt sie sich auf einen lackierten hölzernen Hocker und betrachtet sich im Spiegel. Sie hat nicht allzu schlecht geschlafen, aber das elektrische Licht ist mörderisch. Der Spiegel, warum der Spiegel? Dies ist tatsächlich das erste Mal, daß sie sich auf den Hocker setzt.

Es ist nicht ihre Gewohnheit, ihr Gesicht zu betrachten. Aber hier liegt sie zutage, die Wahrheit, die bis heute nicht zählte, das Alter, gestern kurz widergespiegelt in den Augen des Jungen. Trotzdem, da ist nichts zu verbergen. Die Erregung des Abends ist von ihren Zügen noch abzulesen. Ein Hauch von Jugend erhellt ihre Stirn, ein wiedergefundener Glanz. Und hinter diesem Glanz steht Juliens junge, strahlende Gestalt. Gelobt sei die Liebe, die uns vergessen macht. Gelobt sei das Licht, das uns versteckt. Sie sieht dieses Licht und sieht sich nicht an.

Sie steht vor dem Schrank und greift nach ein paar Kleidungsstücken. Ein schwarzer Seidenrock mit Falten, die sie zurechtzupft, darüber einen extrem langen Pullover und flache Schuhe. Jungmädchenkleidung. Bei jeder Bewegung streicht die Seide um ihre nackten Beine.

Die Jungen sind da: in Luciles neuem Schlafzimmer im vierten Stock stehen die Fenster offen. Seit längerem war ausgemacht, daß sie ihr beim Einrichten helfen würden. Man hört das Geräusch eines Bohrers und immer wieder Gelächter. Sie streichen auch die Wände neu.

Jeanne fährt sich mit der Bürste durchs Haar, läßt die Idee fallen, es zu einem Knoten zusammenzuraffen.

Unten im Speisezimmer trifft sie auf ihren Mann. Will sie ausgehen? Sie ist doch etwas müde. Möchte lieber hierbleiben. Aufs Land? Eigentlich auch nicht.

Das Töchterchen kommt herein, in Begleitung ihrer großen Schwester Lucile. Es ist Zeit zum Mittagessen. Jeanne stellt ein paar Reste vom Vorabend auf den Tisch. Drei Teller zusätzlich.

»Du kannst den Jungen sagen, sie können mit uns essen.«

Ganz natürlich ging ihr diese Einladung von den Lippen. Lucile läuft los, um sie zu überbringen.

Da sind sie auch schon. Julien trägt dasselbe wie am Abend zuvor, dieselben schwarzen Jeans, ein T-Shirt. Sie entschuldigen sich, von oben bis unten staubig zu sein, waschen sich die Hände über dem Spülbecken. Wenn sie beisammen sind, sind sie ganz locker. Sie waren immer beisammen, sind alte Freunde.

»Im Schweiße unseres Angesichts haben wir uns diese Mahlzeit verdient!« prustet Denis los.

»Gut, daß du's sagst«, kontert Lucile. »Für gewöhnlich tut ihr ja keinen Schlag.«

Julien sagt nichts. Jeanne fragt sich, ob er sich überhaupt erinnert, wie sie einander angelächelt haben. Er wirkt stumm und merkwürdig niedergeschlagen, schaut drein wie ein unter der Sonne leidender verblödeter Hund. Staubbedeckt von oben bis unten, seine Unterarme, seine Haare sind wie gepudert. Das dürfte auf der Kopfhaut jucken. Er kratzt sich. Alles in seinem Gesicht sagt: »Hier zu sitzen, warum hab ich das getan, was für ein Fehler!«

Jeanne kommt aus der Küche, balanciert auf den Armen eine riesige Platte Pasteten, reicht jedem von hinten her an. Als Julien an der Reihe ist, wird ihr Körper rebellisch: sie will ihn beschnuppern, berühren, küssen. Ihre Blicke fliegen über diesen muskulösen Rücken, die schulterlangen Indianerhaare, die sich in der Mitte teilen, zu beiden Seiten herabfallen und den Nacken freigeben, einen weißen Fleck. Ein starker Männergeruch, Schweiß und Zigaretten. Als sie sich über seine Schulter beugt, um mit den Lippen seine Haut zu berühren, verschwindet der

Fleck. Julien wendet sich kaum merklich zu ihr um und hält seinen Teller hin. Seine Hand zittert, wie gestern.

»Schon wieder!« sagt sie spöttelnd, ganz nah an seinem Ohr.

Er zieht die Hand zurück, hat den Blick gesenkt.

Was wird er darauf antworten? Beobachtet man sie? Jetzt wird es jeder wissen. Schnell, diese Schwäche muß vertuscht werden. In das Schweigen hinein stammelt er: »Das ist der Bohrer. Wenn man das Ding lange in den Händen hält ...«

Sie sagt: »Das dachte ich mir auch schon.«

Der Vorfall ist glimpflich abgelaufen. Sie essen. Es ist ein Vergnügen, sie schlingen zu sehen. Ein junger Mann ißt nicht wie ein junges Mädchen. Er ißt mehr mit Genuß, bis seine Bedürfnisse gestillt sind. Wie sie sich aufs Brot stürzen, große Brocken verschlingen! Wahrscheinlich stürzen sie sich in dieser Weise auf alles, nur um eine Stunde später zu erklären, sie seien wieder völlig ausgehungert. Jeanne rührt nichts an, reicht mit ruhigen Gesten die Schüsseln herum, einzig darum besorgt, sie satt zu machen. Unterdessen verliert sie die Kontrolle über die Szene, die sich hinter ihren Augen abspielt: wie eine Blinde tastet sie mit ihren Lippen den Körper des Jungen ab, dringt bis zu den Brustwarzen vor und genießt die Kühle der nackten Haut. Er ist über seinen Teller gebeugt. Sie schaut kurz zu ihm hin, nur um ihm ihr Verlangen einzuimpfen, fragt sich, ob er das gleiche empfindet, in Gedanken bei ihr ist.

Auch Lucile ißt nicht. Ihre Blicke wandern von einem zum andern, sie stutzt. Nein, undenkbar. Starr wie ein Tier, das eine Strafe erwartet, blickt sie drein. Das Gespräch gerät ins Stocken, trotz aller Bemühungen von Hippolyte und Denis, die etwas begriffen zu haben scheinen.

Was denn? Lucile sieht sich vor einem Abgrund. Seit Monaten hat sie offen erklärt, daß sie Julien liebt. Jeder weiß es. Jeder kennt auch ihren Kummer, daß noch keiner in ihr eine Frau gesehen hat, mit der man Liebe machen könnte. Und jetzt dieser Abgrund. Ihr Vater sitzt neben ihr, sie rutscht auf seinen Schoß und schlingt ihm einen Arm um den Hals. Wie früher. Warum sie sich so benimmt, dürfte sie nicht genau wissen, vielleicht aus einer Angst heraus, die stärker ist als sie selbst, vielleicht weil sie noch immer auf etwas wartet, was niemals kommen kann. Von den Armen ihres Vaters beschützt, wagt sie es, einem Mann die Stirn zu bieten, hier ist sie sicher. Jetzt findet sie auch wieder Worte, wie vorher, simple Worte, wie man unter guten Freunden eben redet.

Nach dem Essen hilft Lucile den Tisch abdecken. Ihr Gesicht drückt Ratlosigkeit aus. Die Jungen sind wieder in den vierten Stock hinaufgegangen. Im Türrahmen schmiegt sie sich an ihre Mutter, ihre »hübsche Mama«, wie sie sagt, ihre Vertraute. Schluchzend birgt sie ihren Kopf in Jeannes Schultergrube.

»Ich werd es nie schaffen. Es ist immer noch nichts passiert.«

Eine reife Frau hält eine verzweifelt um Liebe ringende junge Frau in den Armen. Sie kann ihre Tränen trocknen, aber wie sie sie trösten soll, weiß sie nicht.

»Wenn man einen Mann haben will, sollte man sich nicht in den Schutz des Vaters flüchten.«

Lucile macht eine Kopfbewegung, ja, sie versteht. Aber sie hat Angst, sie könnte Julien gleichgültig sein.

Diesselbe Angst hat auch die Mutter. Sie sagt es nur nicht. Lucile macht sich los und geht zu ihren Freunden hinauf.

Am Nachmittag hatte Jeanne sich auf dem Sofa des Salons im ersten Stock ausgestreckt, zwei Fenster zum Hof, zwei zur Straße. Gegenüber, hofseitig, Luciles ehemaliges Zimmer: drei Fenster. Von ihrem Platz aus sieht sie alles dort drüben. Die jungen Männer richten sich häuslich ein. Im Stock darüber befindet sich das Schlafzimmer der kleinen Anja. Sie spielt dort friedlich. Zwischen Straßen- und Hoftrakt die Außentreppe, noch ein Fenster zum Hof. Sie hört und sieht jeden, der vorbeigeht. Von Zeit zu Zeit bemerkt sie einen der Jungen, der hinunterläuft, um ein Werkzeug oder eine Musikkassette zu holen, und kurz danach, immer vier Stufen auf einmal nehmend, wieder nach oben läuft. Das alles sieht sie sich an, stundenlang.

Je länger sie wartet, desto passiver wird sie. Je mehr sich der Nachmittag in die Länge zieht, desto schlaffer wird ihr Körper. Bilder überstürzen sich in ihr. Ein Schwärmen, von dem sie gar nicht wußte, daß sie es noch kennt, lullt sie allmählich ein und verwischt ihr bisheriges hartnäckiges Interesse am Leben.

Gegen sieben Uhr hört sie Lärm auf der Treppe, dann geht in den drei Fenstern gegenüber plötzlich das Licht an: eine Lichterbühne. Sie erkennt die Jungen, Julien ganz vorne. Sie sieht, wie sie gestikulieren, die Fäuste in die Hüften stemmen, sich miteinander messen, sich gegenseitig bewundern, sich lachend mit dem Handrücken den Schweiß von der Stirn wischen. Eine lärmende Szene, ohne Ton. Bei ihr herüben brennt kein Licht. Sie sitzt im Dunkeln. Keiner weiß, ob sie da ist, kann es höchstens erraten.

Julien hatte sich im mittleren Fenster postiert, in ihre Richtung geblickt, reglos. Lange. Sie wagte kaum zu atmen. Lange verschmolzen ihre Blicke ineinander, doch genau wissen konnte er das nicht, wegen der Dunkelheit.

Sie verschlangen einander mit Blicken, ohne sich zu sehen.

Und plötzlich, in der gleichen Position, zu ihr hingewendet, zog er sein T-Shirt hoch, betont langsam zuerst, kurz innehaltend, bevor er die Hände hinter den Kopf schob. Sein Brustkorb dehnte sich, als er die Arme hob. Das T-Shirt fliegt zu Boden, ohne daß er sich umwendet. Er schüttelt seine lange Mähne. Kein Gesicht mehr. Sein Oberkörper ist jetzt nackt. Glattes Haar bis zum Halsansatz.

Eine animalische Anmut, erfüllt von einer Wollust, deren Heftigkeit er vermutlich nicht einmal ahnt. Sie kann ihn nach Herzenslust begutachten. Stellt er sich zur Schau? Oder ist es Arglosigkeit? Hat dieser Körper noch nicht genügend geliebt, um sein eigenes Geheimnis zu kennen?

Er preßt den nackten Oberkörper, seine Brust gegen die Scheibe. Die weißen Lippen küssen ins Leere, eine obszöne Grimasse. Die Hände deuten sinnliche Bewegungen an. Schweigen ringsum. Jeanne schaudert. Die Hüften des jungen Mannes sind noch verborgen. Sie sucht in diesem kräftigen Brustkorb, den Muskeln und Gelenken die Stelle, wo er verwundbar ist.

Die Nacht beginnt mit diesem Bild. Er bietet sich

ihrem Blick dar, ausdauernd. Wenn er ihren Blick sehen könnte, würde er wieder zittern. Sofern er nicht ohnehin schon zittert, ohne ihr Zutun. Vielleicht ist er es ja gewohnt, daß man ihn so betrachtet, detailliert. Vielleicht genießt er es ja.

Die Augen hohl vor Verlangen, hatte sie nach einem Schal gegriffen, war aufgesprungen und wollte die Treppe hinauf. Genau im gleichen Moment trat Julien aus dem Lichtgeviert zurück in die Mitte des Zimmers. Sie jagt die Treppe hoch, klopft, wartet keine Sekunde, stößt die angelehnte Tür auf und steht vor ihm.

Jetzt ist er zum Greifen nahe, gespreizte Beine, bloße Füße. Der Gürtel an der Jeans ist offen, das sieht sie mit dem ersten Blick. Aus der Entfernung hatte sie dieses Detail nicht bemerkt. Die Jeans ist auf die Hüften gerutscht, bis unter den Nabel. Auf dem Boden liegt eine graues T-Shirt. In der Dusche rauscht Wasser … Das sind die anderen.

Das ganze dauert eine Sekunde. Blitzartig schnappt Julien nach einem Handtuch, um sich zu bedecken. Er preßt es an sich wie ein Kind, dem die Mutter auf die Schliche gekommen ist. Verschreckt.

Wie reizvoll, diese Lügen! Dieses kurze, verschämte Lachen. Sie hat die Augen keinen Lidschlag lang gesenkt, gibt ihm zu verstehen, daß sie schon ganz anderes gesehen hat. Ihre Hände sind eisig, aber ihre Stimme klingt hell und entschlossen:

»Ich wollte Sie um etwas bitten.«

Ihr Ton ist der der Hausherrin. Dabei weiß sie gar nicht mehr so recht, warum sie hier ist. Er schaut sie an. Niemals wird er erfahren, ob sie rein zufällig hereingekommen ist oder ob es eine Regel ist, die sie ihm aufzwingt, eine Begrenzung seiner Freiheit: Daß sie hier auftauchen kann, wann es ihr beliebt. In Zukunft. Er läßt das Handtuch zu Boden fallen und breitet die Arme aus, als sei er bereit, sich zu ergeben.

»Was immer Sie wollen.«

Sie denkt: ich liebe ihn. Schmilzt dahin. Und antwortet lächelnd:

»Das wird mir genügen.«

In diesem Augenblick läutet das Telefon. Er beugt sich nieder, um es abzuheben. Sein Rücken. Wie gern hätte sie ihre Hand darauf gelegt, sie hinabgleiten, die Struktur seiner Haut ertasten lassen. Sie hält sich zurück. Sie hört das Gespräch: die Jungen wollen ausgehen, es wird etwas organisiert. Als er einhängt, sagt sie:

»Ich wollte Sie bitten, bevor Sie ausgehen, das Licht zu löschen und sich zu vergewissern, ob die Läden geschlossen sind. Wir kommen spät heim.«

»Sie können sich auf mich verlassen.«

Der Schritt ist getan. Er gehört von nun an zum Haus.

In diesem Moment kommt Boris, gibt die gleichen Anweisungen. Hippolyte erscheint im Türrahmen, rubbelt sich die Haare mit einem Handtuch trocken.

Er sagt zu ihr:

»Wie schön Sie sind.«

Sie dankt ihm. Boris lächelt. Die Schönheit seiner Frau ist unbestreitbar.

Dann gehen Jeanne und Boris. Zu einer Hochzeit im Park von Saint-Cloud.

Sie tanzt den ganzen Abend. Boris hält sie fest im Arm, als sie auf dem Parkett ausgleitet. Ihre Wangen glühen, sie ist es nicht mehr gewohnt, sich so zu verausgaben. Es ist eine Ekstase ohne Gegenstand. Aus der Ferne steuert ein junger Mann an jenem Abend ihre wahnsinnige Lebenslust.

Als Julien am nächsten Morgen aufwacht, ist er schweißgebadet und wie von Drogen betäubt. Er braucht eine Weile, um sich klarzuwerden, wo er sich befindet. In einem leeren Zimmer, das auf einen Hof hinausgeht. Dort wächst eine Kastanie. Er hat auf einer Matratze am Boden geschlafen, eine Behelfsdecke über den Hüften. Die Lust auf Kaffee veranlaßt ihn aufzustehen. Er stolpert über seinen schlafenden Freund Hippolyte und gibt ihm einen freundschaftlichen Tritt in den Hintern.

»Aufstehen, Zombie, es ist Zeit.«

Hippolyte dreht sich seufzend um.

Julien hat das Nötige zum Kaffeekochen gefunden, einen Topf Wasser aufgesetzt. Im Bad bespritzt er sich das Gesicht, geht zum Spiegel und setzt ein breites Lächeln auf. Mit der Zunge tastet er jeden einzelnen Zahn ab. Alles o. k., nur ein leichter gelber Belag von den Zigaretten. Befriedigt läßt er Wasser in die hohle Hand laufen, taucht die Lippen hinein und spült sich mit Hingabe den Mund. Er spürt nun nicht mehr die geringste Müdigkeit. Vor dem Fenster stehend trinkt er seinen Kaffee. Der Hof liegt in feierlicher Stille, die Mauern verschwinden unter purpurrotem Weinlaub.

Er öffnet das Fenster. Die Luft ist voll vom Duft trockenen Laubes, vermischt mit dem Duft von Kaffee und geröstetem Brot. Herbstlich. Wie ein geheimes Rufen. Sonntagmorgen im Herzen von Paris.

Dann hört er ein Brummen hinter sich: Hippolyte räkelt sich aus seiner Matratze und läßt sich wieder zurückfallen, die Augen weit geöffnet, erstaunt, entzückt ins Leere blickend. Als er Julien sieht, springt er mit einem Satz hoch und verpaßt dem Freund drei freundschaftliche Schläge in die Magengegend.

»He, Alter, das läßt sich gut an, wir haben's geschafft.«

Als Lucile ein paar Stunden später erscheint, aufgeblüht, mit rosigen Wangen, bestaunt sie die Veränderungen: Dort, wo gestern noch die Reproduktion eines impressionistischen Bildes hing, klebt jetzt ein schwarz-weißes Poster, Prag und riesige schwarze Augen, die Augen Kafkas. Die Augen wachen über die Stadt. Darunter steht: »Mütterchen hat Krallen« – ein Zitat. Das gleiche Plakat hängt an einer Wand im Schlafzimmer ihrer Eltern. Eine Idee ihrer Mutter. Die Koinzidenz ist unglaublich.

Hippolyte beteuert Lucile, sie wollten jeder tausend Francs monatlich zahlen. Das solle Lucile ihrem Vater sagen. Julien spielt Gitarre, schaut nicht einmal hoch. Erst als Lucile fragt: »Sind meine Eltern wirklich einverstanden, daß ihr hier wohnt?« nickt er zur Bestätigung.

Kaum waren die Jungen eingezogen, sprachen sie schon wieder vom Aufbruch. Eine Reise ans Ende der Welt, in ein Land, wo die Zukunft keine Rolle spielt. Dort wollen sie unter Menschen leben, die noch magische Rituale vollziehen. Das hatten sie sich nach dem Abitur geschworen. Ein eher nichtssagender Plan, den niemand außer Jeanne ernst nahm.

Allem Anschein nach richten sie sich hier doch erst einmal ein wie ein junges Paar.

Wenn Hippolyte am Morgen die Treppe herunterkommt, ist er bleich wie der junge Tag. Er stolpert die Stufen hinab, die Nase in Nietzsches *Zarathustra*. Er bleibt immer mal wieder stehen, zitiert einen entscheidenden Satz, gestikuliert und schüttelt seine dunkle Lockenmähne. Er will das Unmögliche: man spürt die Spannung in ihm.

Julien bleibt niemals stehen. Mit animalischer Anmut überquert er langsam, mit großen Schritten, den Hof. Sein kraftvoller Körper bietet sich dar wie eine Zielscheibe. Den Blick hält er gesenkt. Es kommt immer wieder vor, daß Jeanne ihn irgendwo auf der Straße zu sehen glaubt, aber dann ist es doch ein anderer von der gleichen Art – Jeans, lange Haare, schwere Schnürstiefel, wie man das so häufig in den Studentenvierteln sieht.

Offenbar brauchen sie in ihrem Leben keine Frauen, sind ganz und gar mit sich selbst beschäftigt.

Einige Wochen nach dem Einzug der Jungen bemerkt Elisabeth, daß sich im Haus etwas verändert hat. Doch was es ist, weiß sie nicht. Sie legt sich auf die Lauer. Der Hof bildet einen regelrechten Resonanzkasten, und so ist sie – ohne sich aus dem Fenster zu beugen, allein durch Lokalisierung der Geräusche – bestens informiert über den Tagesablauf der Hausbewohner. Elisabeth ist an den Rhythmus des Hauses gewöhnt. Jeanne verläßt das Haus jeden Morgen um neun Uhr, man hört die Tür ins Schloß fallen, ihre Schritte auf der Treppe, im Hof, und dann das dumpfe Geräusch des mächtigen Außentors. Elisabeth wird bewußt, daß sie schon seit längerem diese Geräusche nicht mehr gehört hat.

Sie fragt. Jeanne erklärt ihr, daß sie beschlossen hat, einen Großteil ihrer Arbeit zu Hause zu erledigen. Daß sie hier mehr Ruhe hat und besser arbeiten kann. Aktenstapel türmen sich auf ihrem Schreibtisch. Eine Woche später weist Elisabeth sie darauf hin, daß die Stapel immer noch da sind, an der gleichen Stelle, daß sich nichts bewegt hat. Da gesteht ihr Jeanne, sie sei nicht in der Lage, sich zu konzentrieren, sei völlig untätig, ohne Grund.

»Ich brauche es gar nicht erst zu versuchen: ich begreife nichts von dem, was ich lese.«

Eine Ausflucht, aber sie hat sich verraten. Jeanne ist im Begriff, sich in sich selbst zurückzuziehen, und Elisabeth fragt sich besorgt, was sie wohl finden wird.

Über Jahre hinweg hatte Jeanne all ihre Energie darauf verwandt, ihre Familie zu bauen, immer auf der Suche nach dem Glück. Dafür kämpfte sie ohne Unterlaß. Das Leid, das man ihr früher ansah, schien sie tatsächlich vergessen zu haben, dieses Leid, das ihre Züge geprägt hatte, ein undefinierbares, permanentes Leid, das sie mit sich trug wie ihren unbestreitbaren Besitz, ihr Hab und Gut, das sie geradezu genoß und niemals zu teilen bereit war.

»Dieser unauslotbare Abgrund, in den alles einmal abstürzt«, sagte sie manchmal, und dann erschien ein Lächeln, ein entschuldigendes, ein bemüht höfliches Lächeln um ihre Lippen. Dieses Lächeln zeigte sich auch jetzt wieder.

Der Salon liegt im Halbdunkel. Nur auf dem Klavier erhellt eine kleine Lampe ein Notenheft, das *Präludium* in *C-dur* von Bach. Ein leichtes Stück, das sie verbissen spielt: das immer wieder neu einsetzende Anschwellen einer Emotion, immer weider abklingend; die Finger wollen es so schnell wie möglich hinter sich bringen. Eine Mohairdecke hängt vom Sofa beim Fenster herab: sie hat sie wohl beiseite geworfen, bevor sie es geöffnet hat. Elisabeth möchte mehr Licht machen.

»Nein, laß, es ist schöner so.«

Das ist fast ein Seufzer der Verzückung. Sie weist auf das Sofa, ihre Freundin soll sich setzen, mit dem Rücken zum Fenster. Jeanne nimmt ihr gegenüber auf einem Sessel Platz. Sie hat den ratlosen Blick eines jungen Mädchens, dessen Sehnsüchte weiter reichen als die Möglichkeiten. Dann blickt sie nach drüben, ins Leere. Nach ein paar Minuten des Schweigens sagt Elisabeth:

»Es geht dir nicht gut, das sehe ich.«

Wieder Schweigen. Elisabeth spürt, daß sie Zeit braucht.

»Ich werd's dir erklären.«

Jeanne verharrt in Reglosigkeit, zündet sich nur eine Zigarette an. Atmet langsam den Rauch aus. Nichts anderes scheint sie zu reizen. Sie hat die Beine untergeschlagen, um es sich bequem zu machen, hält den Oberkörper jedoch gereckt, als wittere sie ein kommendes Ereignis. Das Licht ist noch schwächer geworden, es ist einer dieser Nachmittage, die sich verfrüht vom Tag verabschieden und die das Jahresende ankündigen. Elisabeth schiebt ihr den Aschenbecher hin, Jeanne starrt ihn an, begriffsstutzig. Endlich schaut sie hoch. Ein pathetischer Blick.

»Siehst du, es sind nur diese Scheiben, die mich von drüben trennen, eine Schicht hier, eine Schicht dort. Hauchdünn. Lächerlich. Doch ohne diese Scheiben wäre gar nichts. Dann sähe ich nicht Tag für Tag ein Leben, das mich nichts angeht und zu dem ich nicht eingeladen bin.«

Sie spricht nicht zu ihr. Zu niemandem. Sie scheint einen inneren Monolog zu führen, immer wieder von neuem. Die Wirklichkeit interessiert sie nicht mehr.

»Ich hege diese Illusion. Bräuchte nur hinüberzulaufen. Das kleine Hofgeviert, die Treppe ... Doch es ist unmöglich, diese paar Meter zurückzulegen.«

In einer leidenschaftlichen Bewegung wirft sie den Kopf hoch, blickt nochmals über sie hinweg, in den schwarzen Hof, lacht nervös auf. Elisabeth nimmt keinerlei Anstoß daran. Plötzlich breitet Jeanne die Arme aus.

»Weißt du noch, diese Arme, die die Welt umfangen wollten? Um ihn einzufangen, sind sie zu kurz.«

Mit einer Kopfbewegung deutet sie nach draußen. Sie vertuscht nichts mehr. Sie meint natürlich die Jungen. Elisabeth ahnte es, jetzt weiß sie's.

»Julien?«

»Ja.«

Von neuem dieser starre, alles ausschließende Blick, diese altbekannte Leere in ihren Augen. Eine Leere, die Elisabeth nicht schätzt. Doch merkwürdigerweise, obwohl sie sich Sorgen macht um ihre Freundin, denkt sie jetzt vor allem an Julien. Ganz sicher, dies ist die Art von Liebe, vor der man sich hüten, vor der man sich frühzeitig schützen muß. Manchmal kommt es dabei auf Kleinigkeiten an.

»Du läßt dich gehen. Er weiß gar nicht, was mit ihm passiert, der Arme, und wenn er es wüßte, fände er es vermutlich unerträglich.«

»Ich kann nicht anders. Ich weiß auch, wie verhängnisvoll Liebe sein kann.«

Der Ton ist hart, erbarmungslos, von erschreckender

Entschlossenheit. Sie schleudert einen vernichtenden Blick. Elisabeth möchte etwas sagen, denn wieder macht sich Stille breit. Aber was sollen schon ein paar Worte des Mitgefühls, mit denen ihre Freundin doch nichts anfangen kann?

Jeanne taucht erst aus ihren Gedanken auf, als das Außentor aufgestoßen wird. Langsame, gemessene Schritte werden hörbar. Das Licht geht an. Jemand durchquert den Hof. Eine Tür fällt ins Schloß. Jeanne ist plötzlich aufgesprungen, läuft zum Fenster, versteckt sich aber gleichzeitig. Irgend etwas im Haus versetzt sie jetzt in Aufruhr.

»Komm, schau.«

Gegenüber sind mit einem Schlag die drei Fenster hell erleuchtet. Man erkennt eine Gestalt, die hin und her geht. Julien. Jeanne faßt nach Elisabeths Hand, sie stehen im Dunkeln. Der Junge schaut jetzt aus dem Fenster, fährt sich mit beiden Händen durchs Haar, drückt es platt an den Kopf und legt damit sein Gesicht bloß, eine routinierte Geste. Lange starrt er ins Dunkel. Dann wendet er sich ab, schnappt seine Gitarre, setzt sich auf einen Hocker. Die Haare sind wieder nach vorne gefallen. Jeanne ist gefesselt von dem, was sie sieht, sie hält die Luft an, als könnte sie so etwas hören. Sie tastet mit den Augen seinen Körper ab. Und mit einem Lächeln, das daran erinnert, daß die beiden Frauen Komplizinnen sind:

»Wie schön er ist.«

Dann streckt sie sich auf dem Sofa aus, dort, wo Elisabeth vorher gesessen hat. Zieht sich die Decke über die Beine.

»Er weiß nichts.«

Sie macht keine Lampe an, zieht die Vorhänge nicht

zu. Ihr Kopf ist zur Seite geneigt, zur Hofseite. Für die nächsten Stunden. Elisabeth ist stehengeblieben, und als Jeanne sie anblickt, versteht sie, daß sie nun besser gehen soll, daß Jeanne mit ihm allein sein will.

Seit diesem Tag beobachtet Elisabeth, was im Haus geschieht. Aber es geschieht nichts. Nur daß abends nie mehr die Vorhänge zugezogen werden. Weder bei Jeanne noch bei den Jungen. Die Fenster sind hell erleuchtet, und man sieht Jeanne immer im selben Sessel sitzen. Ob Freunde da sind oder nicht, immer dasselbe Bild.

Boris kümmert sich darum, daß der Alltag weitergeht. Wenn sie ihre Tochter zu Bett gebracht hat, setzt Jeanne sich neben ihn, auf den Platz, von wo aus sie die Jungen beobachten und sich gleichzeitig am Gespräch beteiligen kann. Dort bleibt sie, stundenlang. Von Zeit zu Zeit steht sie auf, tritt ans Fenster. Dann sitzt er vermutlich am Boden oder auf der Matratze, so daß sie, wenn sie ihn sehen will, nach unten schauen muß. Die meiste Zeit hört man ihn Gitarre spielen. Kaum hörbare Töne. Wenn sie ihn gesehen hat, kehrt sie zum Sessel zurück.

Die Jungen bleiben jeden Abend zu Hause. Eigenartig für junge Leute. Vielleicht ist Jeanne es, die sie lähmt und immer enger zusammenschweißt. Wenn sie von ihnen spricht, nennt sie ihre Namen in einem Zuge, als sei es eine Person, als wolle sie sie vermengen. Will sie damit kaschieren, wem sie den Vorzug gibt? In diesem vermischten Leben ist immer mal wieder von einem fernen Land die Rede, wo sie zu Männern werden würden. Bestimmt ist es dies, was sie daran hindert auszugehen, statt sich hier, auf der anderen Seite des Hofes, zur Schau zu stellen, über ihre Gitarre gebeugt, »auf dem Sprung«, fertig für die »Große Reise«.

Eines Abends – Boris ist geschäftlich nach Bordeaux gefahren – geht Elisabeth nach unten, um mit ihrer Freundin zu plaudern. Jeanne ist sorgfältig gekleidet, geschminkt, als wolle sie ausgehen. Ein dunkles Seiden-T-Shirt, passend zu einem langen Rock. Unter dem Rock Leggins, die bis zum Knöchel reichen, wie es jetzt in den Schulen Mode ist.

»Du willst wohl up to date sein?«

»Es ist bequem und völlig korrekt, wie du siehst.«

Sie hebt den Rock bis zur Taille, damit Elisabeth sie bewundern kann.

»Gefällt's dir?«

»Es ist lustig.«

»Um so besser.«

Über Klamotten zu reden, zeugt von Gesundheit. Sie nennt die Adresse der Boutique. Elisabeth lacht:

»Meinst du, ich soll wieder anfangen, mir Kerle zu angeln?«

»Warum nicht?«

»So deinem eiteln Jammer ewig nur dahingegeben
nährst du eine Gluth, die du ersticken solltest.«

»Phädra.«

»Genau.«

Sie müssen beide lachen. Jeanne wirkt entspannt. Sie hat sich in den Sessel gekuschelt und wie ein kleines Mädchen den Rock über die Knie gezogen. Dann wird ihr Gesicht plötzlich ernst. Sie denkt eine Weile nach. Unvermittelt blickt sie ihrer Freundin in die Augen.

»Warum eigentlich ersticken?«

Das klingt ernst. Elisabeth antwortet nicht sogleich. Jeanne erwartet außerdem keine Antwort. Im Grunde kann man darauf nichts antworten. Es ist sinnlos. Elisabeth macht einen Versuch:

»Seinetwegen. Du machst ihm Angst. Er ist ein Kind. Außerdem ...für alle wär's besser. Hör auf damit.«

Jeanne sagt, sie könne nicht aufhören, sie komme um vor Verlangen.

»Und Lucile? Du nimmst ihr ihren Liebhaber weg.«

»Er ist nicht ihr Liebhaber.«

Ihr Blick wird heftig.

»Und Boris?«

»Er kann das verstehen.«

Elisabeth ist sprachlos. Sie begreift, wie schwierig es ist, die Geschwüre der Angst, der Scham, der Vernunft aufzustechen, um dieses plötzlichen, blendenden Lichtes willen. Nur allzu oft machen wir nichts aus unseren Sehnsüchten. Wir begnügen uns mit der Erinnerung, noch bevor wir geliebt haben – mit der Erinnerung an unseren von Ängsten behinderten Körper, an unsere Unfähigkeit, den Schock zu ertragen, daß wir auf einmal nichts anderes wollen, als uns an einem Mann zu berauschen, an seiner Haut, seinem Mund, seinem glänzenden Glied, seinen stammelnden Schreien.

Nein, Verzicht kommt für Jeanne nicht in Frage. Sie will nichts begreifen, nichts hören, sie ist jenseits der Alltagsvernunft, und das Licht ist dort drüben, zum Greifen nahe, ein Licht, an dem sie sich verbrennen will.

»Ich weiß, daß er mich lieben wird. Gestern ist er daran schier gestorben.«

Sie hatte ihn gesehen, nackt auf dem Bauch liegend, den Oberkörper auf die Ellenbogen gestützt, den Kopf nach unten, ein weißes Laken nur über den Hüften. An der wild hängenden Mähne, an der Blässe seines Rückens hatte sie erkannt, daß er um Liebe flehte. Zuerst hatte sie gemeint, er liege auf jemandem, doch das war es nicht. Trotzdem stöhnte er. Sie glaubte es zu hören, selbst auf diese Entfernung hin, von ihrem dunklen Fenster aus. Er war schöner als je zuvor, schön für sie. Sein schwacher Körper. Eines Tages würde sie sich an ihn schmiegen, für einen langen, lustvollen Augenblick.

Den Blick gefesselt, die Stirne eisig von der Scheibe, gegen die sie sich stemmte, hatte sie sich nicht über die Treppe getraut, um dem Geheimnis dieser Schönheit auf den Grund zu gehen. Und ein Bild geht ihr nicht aus dem Kopf, ein Klischee, das vielleicht mit frühen Verletzungen zu tun hat: der von seinem Kreuz abgenommene Christus, auf dem Boden dort. Das Bild zu früh gestorbener Männer, eines Liebhabers aus vergangenen Zeiten.

Kurz vor Sonnenaufgang war sie eingeschlafen, den Kopf immer noch an der Scheibe. Sie hatte geweint, als sei sie ins Bodenlose gefallen. Tränen liefen ihr über die Wange, aber es waren nicht wirklich ihre Tränen. Sie waren aus der Erinnerung an etwas Verlorenes gekommen. Juliens Körper atmete nicht, obwohl sie sich anstrengte, die Bewegung des Brustkorbs zu erkennen. Ihre Augen brannten von dieser Anstrengung. Sie glaubte, er liege tot vor ihr, und fragte sich, was dieser Tod wohl bedeutete, wie er über ihn kam.

Jeanne war verreist gewesen. Für Julien hat sie ein T-Shirt

mitgebracht. Vorne drauf stand: »Endlich!« Und auf dem Rücken: »Ein Deutschland weniger.« Mit Ungeduld wartete sie darauf, ihm ihr erstes Geschenk zu überreichen. Endlich!

Alle saßen bei Tisch, sie bat ihn in den Salon hinauf.

Er solle sich ausziehen, bis zum Gürtel. Entzückt sah sie, mit welcher Nonchalance er sein Hemd auszog. Sie wollte ihn nackt vor sich haben. Er lächelte, ohne zu wissen, warum. Sie blickte ihm kaum in die Augen, sondern auf die Nacktheit seiner Brust. Unverwandt. Dann lächelte auch sie, zog hinter ihrem Rücken das T-Shirt hervor und stülpte es ihm kurzerhand über den Kopf. »So. Das ist für Sie.« Ein paar Sekunden lang hielt er den Kopf gesenkt, als sei er gesegnet worden.

Als aus dem Eßzimmer, nur wenige Meter von ihnen entfernt, lautes Lachen ertönte, wich sie einen Schritt zurück. Dann stieß sie ihn von sich, schickte ihn nach unten. Schon mehrmals hatte sie ihn so brüsk weggeschickt. Vermutlich aus Furcht, irgend etwas in ihr könne schreien, ihn anflehen. Sie verjagte ihn, wie man ein Tier verjagt, das kratzen könnte. Er gehorchte. Mit der Miene eines folgsamen Jungen.

Vielleicht war er weniger folgsam, als sie glaubte oder es sich vorstellen wollte. Nur, wie konnte sie das herausfinden? Er hatte sie nicht hereingebeten in sein Herz, das sich selbst noch suchte, und zeigte auch keinerlei Ungeduld, dies zu tun.

Kurz danach, als sie ihn im Türrahmen zurückhielt – ein Wort, eine Sekunde, ein Blick, da sagte er zu ihr:

»Jetzt nicht. Noch nicht.«

Als hätte sie das Leben noch vor sich. Er schob ihre

Hand beiseite, so heftig, wie man eine Gefahr abwehrt, die man sich nicht eingestehen will und der man gerade noch entkommen konnte. Sein Gesicht wandte sich bereits dem Freund zu. Er schöpfte Luft.

»Lassen Sie mich.«

Die Tür fiel zu, sie schwankte, suchte Halt an der Wand. Sie verspürte den Schmerz verschmähter Liebe in ihren Schläfen hämmern und auch die Last der Jahre.

Eines Abends, Mitte November, wirbelte Lucile in den Salon, gekleidet, als ginge sie auf ein Fest.

»Julien hat heute Geburtstag. Wir gehen aus.«

»Trinkt doch erst noch ein Glas mit uns, bevor ihr geht.«

Wie so oft, ergreift Jeanne die von ihrer Tochter gebotene Gelegenheit. Ohne Lucile sieht sie Julien selten aus der Nähe. Boris pflichtet ihr wohlweislich bei. Daß sie die Jungen einlädt, ist selbstverständlich für jeden, der seine Frau kennt, und wenn sie es hier etwas eindringlicher tut als gewöhnlich, beweist das, daß sie sich zu ihnen hingezogen fühlt. Das hat er natürlich gemerkt. Sie sind etwas unbändig, wie sie selbst es auch gewesen war, und dieser Ähnlichkeit spürt sie vermutlich nach. Es käme ihm nie in den Sinn, seine Frau zu hindern, den von ihr erwünschten Weg einzuschlagen.

Als sie da sind, möchte Jeanne Julien etwas schenken. Sofort. Ihre Augen fliegen durch den Salon und erblicken einen Strauß künstlicher Rosen, staubbedeckt. Sie rupft ihn aus der winzigen Vase, stürzt auf den Jungen zu und befestigt ihn im Knopfloch der bestickten Jacke, die er zur Feier des Tages angelegt hat. Nun ist er geschmückt.

»Ich wünsche Ihnen ewig Glück, und bleiben Sie ewig zweiundzwanzig!«

Sie ist exaltiert, wie vom Feuer der Jugend ergriffen. Ihre Wangen glühen. Jauchzend klatscht sie in die Hände. Ungestüm hat sich in ihr angestaut. Aber sie hat ihn nicht auf die Wangen geküßt wie alle anderen. Sie hat ihn überhaupt nicht geküßt.

Anschließend ist Fototermin. Einer nach dem anderen, neben Julien. Diese Idee stammt von Boris. Es sind rund zehn Gratulanten. Der Reihe nach posieren sie als Paar mit Julien: Lucile, Hippolyte, die Kleine, Boris, Elisabeth ... Zum Schluß ist Jeanne dran. Als Letzte.

Ein paar Tage später sind die Fotos entwickelt. Auf allen Abzügen blickt Julien freimütig, offenen Auges ins Objektiv, neben sich einen der Gratulanten. Auf einem einzigen Foto hält er den Kopf gesenkt. Mit Jeanne. Sie blickt ihn an, er schaut nach unten. Resigniert, als sei ihm sein Schicksal egal, neigt er sich lächelnd über die Hand, die sie ihm hinstreckt. Der gezähmte Julien. Sie hat also die Macht, einen Skandal dieser Art zu provozieren.

Eine Woche später. Auf dem Tisch, an den sie alle geladen hat, dampft ein Pot-au-feu. Dazu zwei, drei Flaschen Bordeaux, die schnell leer sein dürften. Die Familie und die Jungen. Abermals hat sie ihre Tochter eingeschaltet, um sie einzuladen.

Ein Satz fällt:

»Wenn wir das richtige Wort fänden, würde das, was wir fühlen, Gestalt annehmen.«

Wer hat damit angefangen? Hippolyte, wie immer, und das ist der Startschuß für eine allgemeine Diskussion. Sie ist, wie häufig, seiner Meinung. Mit Einschränkungen, die ihre geheime Sehnsucht ihr diktiert:

»Alles braucht auch nicht benannt zu werden. Auch im Schweigen können sich Gefühle ausdrücken. Erst sind wir besessen. Später erst stellen sich die Wörter ein, und wir verstehen.«

Nein, als erstes sind die Wörter da, alle Wörter. Hippolyte läßt nicht locker: erst das Wort. Aber welches Wort? fragt sie. Das, was ausgesprochen wird, oder das, was man erahnt, das eines Tages auf die Lippen drängt?

Julien, den Oberkörper gegen die Rückenlehne des Stuhls gepreßt, die Arme auf den Tisch gestützt, hält sich aus all dem heraus. Stumm läßt er die Worte der anderen an seinem Körper abprallen. Ohne seine männliche Schönheit würde hier gar nicht diskutiert.

Jeanne spricht viel, wiederholt sich, korrigiert sich, und während sie redet, werden die Jungen zu ihren Jungen, zu ihrer Brut, die nach nichts und nach allem Ausschau halten.

Feierlich beugt sich Jeanne zu Juliens geneigtem Kopf hin.

»Sie werden fortgehen, aber niemand kann der Liebe entrinnen. Man wird sie nicht los. Das geht nicht. Ob Sie hier sind oder dort, macht keinen Unterschied. Es ist dasselbe. Sie stecken drin. Warum also wollen Sie fort?«

Inbrünstig sieht sie ihn an. Sie möchte ihm begreiflich machen, daß das, was er in der Ferne sucht, in Wirklichkeit genau so unwahrscheinlich ist wie diese Frau im Sessel neben ihm, die sich zu ihm hinüberbeugt. Und auf ihn wartet. Julien antwortet nichts. Sie wird unruhig.

»Sie wissen nichts vom Leben. Das Leben hier ist genau so wunderbar und herrlich wie ein ferner Urwald, wie die verbrannte Erde anderer Kontinente.«

Die Hand, die sich jetzt auf Juliens Hand legt, möchte ihn von allen seinen Plänen abbringen.

Bei jedem Abendessen ist es dasselbe. Es passiert nichts weiter. In hochtrabenden Worten reden die Jungen von dem Schauder, den sie empfinden werden bei der Begegnung mit einem künftigen Geschick. Später, morgen, in der nächsten Zukunft. Fortgehen, sagt sie, heißt, eine Geschichte zu überleben, ohne sie gelebt zu haben. Sie selbst, so betont sie, erwarte nur die Gegenwart. Eine Tat, die sie hier zu trösten vermag ... Sollen sie doch ruhig gehen. Endlich gehen. Fort, fort.

Dieses Gerede über ihr Fortgehen war schon wie eine alte Leier. Im Grunde wußten sie nicht, was sie wollten. Die Geschichte war ein grauenvolles Schlachtfeld. Lügen. Was für gut erklärt worden war, hatte sich noch stets als schlecht erwiesen. Flammende Leidenschaft für politische Utopien, menschliche Wärme im gemeinsamen Kampf, große Begeisterungsstürme, sexuelle Freiheit, ohne Furcht und Bedenken: das alles gehörte der Vergangenheit an, der Elterngeneration.

Und sie? Armselige Kreaturen von heute. Eine Generation ohne große Zukunft. Nur Jeanne müht sich verzweifelt, das einzig Edle, das sie sich vorstellen kann, aus dieser Ödnis hervorsprießen zu lassen. Die anderen denken: Soll doch jeder leben, wie er will.

Sofort nach dem Essen zieht Boris sich zurück, er hat sich sichtbar gelangweilt. Lucile ist gereizt, rührt sich aber nicht von der Stelle. Nachdem sie verbissen getrunken hat, lauert sie auf den Moment, wo ihre Mutter die Jungen endlich mit Spott überhäufen wird: »Los, ihr Kleinen. Ihr vergeßt, daß ihr nicht allein auf der Welt seid. Im Leben gibt es zwei Geschlechter. Mann und Frau.«

Lucile ist in Julien verliebt, und Julien erwidert ihre Liebe nicht. Sie versteht genau, was ihre Mutter sagen will, wenn sie von seiner Unfähigkeit redet, eine Frau wirklich zu lieben. Wäre ihr diese Formulierung seiner männlichen Selbstbezogenheit doch bloß eingefallen, aber ihr ist eher zum Heulen zumute. Sie steht auf. Während sie den Tisch abräumt, redet jemand davon, daß Julien und die kleine Anja sich ähnlich sehen.

»Stimmt, da ist was dran«, sagt Lucile.

Sie rechnet laut nach: sie könnten Geschwister sein. Stille.

»Oder etwas anderes.«

Der Satz fällt wie ein Fallbeil. Julien lächelt, peinlich berührt. Er hat es ganz leise gesagt. Warum ist er jetzt verwirrt? Lucile begreift nicht:

»Was soll das heißen?«

Allgemeines Gelächter über so viel Naivität. Julien schielt zu Jeanne hinüber. Der Gedanke ist skandalös. Jeanne kann seinem Blick kaum standhalten. Man zeugt kein Kind, ohne miteinander zu schlafen. Er hat also auch daran gedacht. Sie fühlt, wie sie rot wird, wie ein junges Mädchen, das sich schämt, Dinge zu wissen, die es nicht wissen dürfte.

»Denk doch mal eine Sekunde nach«, sagt Hippolyte, »es ist doch sonnenklar.«

Lucile verschwindet in der Küche.

Alle verharren einen Moment lang in tiefem Schweigen.

31. Dezember. Das Jahr geht zu Ende. Allgemeine Ruhepause nach dem üblichen Weihnachtstrubel. Endlich kann man die Stunden zählen, seine Angst in flüchtige Umarmungen werfen, das Ende im Feuerwerk verpulvern.

Als Elisabeth von einer kurzen Reise zurückkehrt, findet sie das Haus leer und eine Mitteilung auf dem Anrufbeantworter:

»Wo bist du? Wir suchen dich. Du mußt unbedingt Silvester mit uns feiern!«

Der Winter ist hart für den, der die Qualen der Leidenschaft nicht gestillt hat. Man glaubt, am nächsten Tag sterben zu müssen. Nein, noch nicht.

Elisabeth ruft Jeanne an. Sie schäumt über vor Energie.

»Ja«, sagt sie, »ich muß es zu Ende bringen.«

Samstag wird gefeiert, teilt Jeanne ihr mit: junge und weniger junge Leute, alle bei ihr in dem großen weißen Haus bei Fontainebleau mit seinem Park und der Seine im Hintergrund.

Elisabeth kommt mit dem Zug um sieben Uhr. Sie trifft Jeanne in der Badewanne an, während aus der Etage darunter schon lebhafte Diskussionen der ersten Gäste heraufschallen. Jeanne ist guter Laune, spreizt leicht die Schenkel, preßt sie wieder zusammen, spreizt sie von neuem. Sie scherzt mit ihrer Freundin, taucht den Kopf unter Wasser, genießt dieses Spiel, sich einfach gehen zu lassen.

Das Badezimmer ist in Unordnung. Überall Fläschchen, Bürsten, Cremedosen. Kleider auf dem Boden – Jeanne hat wohl etliche anprobiert. Feuchte Handtücher. Ein weißes Kleid aus grobem Leinen, wie es die Bräute in den mongolischen Steppen tragen, hängt an einem Bügel. Für dieses hat sie sich letztlich entschieden. Ein Kleid, das sie seit zehn Jahren nicht mehr getragen hat.

Als sie aus dem Bad steigt, bewegt sie etwas sehr stark. Es ist ihr Körper. Langsam, sorgfältig, kleidet sie sich an. Sie bittet Elisabeth, ihr einen Zopf im Nacken zu flechten. Sie schminkt sich nicht.

Die Glocke am blauen Portal läutet. Boris empfängt die Gäste.

Als sie hinunterkommen, sind schon viele Menschen im Salon, Freunde der Gastgeber, aber vor allem Freunde der Töchter. Jeanne macht es sich in einem Sessel neben dem Kamin bequem und öffnet die Geschenkpäckchen, die man ihr mitgebracht hat. Nette Gäste. Sie dankt höflich. In diesem Moment kommt Julien herein. Er durchquert den Raum, neigt sich über sie und flüstert ihr etwas ins Ohr. Anscheinend etwas Intimes, denn Jeanne errötet leicht und dankt ihm. Er posiert vor ihr, und sie betrachtet ihn. Graues T-Shirt, schwarze Jeans, wie gewöhnlich.

Sie hätte sich eine andere Kleidung gewünscht als Dank für ihre Einladung. Ihr schmollender Mund drückt Mißfallen aus.

»Ich habe nichts anderes gefunden.«

»Schade. Sie hätten sich ja mal anstrengen können.«

»Gefalle ich Ihnen so nicht?«

»Kommen Sie, wir werden das ändern.«

Sie nimmt ihn bei der Hand, zieht ihn mit sich, macht Elisabeth ein Zeichen, ihnen zu folgen. Die beiden Frauen gehen die Treppe hinauf. Er hinterher. Im Schlafzimmer holt sie aus dem Schrank ihres Mannes ein elegantes weißes Hemd mit weiten Ärmeln. Zu ihm sagt sie:

»Ziehen Sie sich aus.«

Julien steht mitten im Zimmer. Er rührt sich nicht. Dann zieht er, scheu lächelnd, sein T-Shirt aus. Er dreht sich zu Elisabeth um, weil er sich entschuldigen will – er glaubt, sie mit dem Ellenbogen gestoßen zu haben –, und fährt sich mit der Hand durchs Haar, durch sein langes Indianerhaar. Er steht vor den beiden Frauen. In Jeans und mit bloßem Oberkörper.

Jeanne beobachtet ihn und vermag ihren Blick nicht zu lösen: Dieser kraftvolle männliche Körper, ganz nah und doch so fern. Sie weicht ein paar Schritte zurück.

»Bleiben Sie noch so stehen«, sagt sie mit halberstickter Stimme, »ich möchte Sie anschauen.«

Keiner rührt sich, und eine Weile lang ist es ganz still im Raum. Schließlich faßt sie Elisabeth bei der Hand, und beide gehen um ihn herum wie um ein Standbild aus weißem Stein mit starren Gliedern. Sie lacht, bis zur Verzückung erstaunt, daß dies ein Mann ist.

»Hast du gesehen? Er atmet!«

Dann legt sie ihm eine Hand auf die Brust:

»Er lebt, er ist warm, das Herz schlägt.«

Zweimal hintereinander schluckt Julien ganz deutlich. Elisabeth sieht, wie sein Hals sich zusammenzieht. Er räuspert sich und greift nach Jeannes Handgelenk.

»Fassen Sie mich nicht an!«

Elisabeth sieht ihn an. Er ist hinreißend in seiner Würde. Jeanne lacht abermals schallend auf. Elisabeth sagt:

»Hör auf, es reicht!«

Sie zieht ihre Freundin am Ärmel zu sich heran. Jeannes Augen funkeln. Schließlich kauert sie sich in einen Sessel und streicht mit einer Hand die andere entlang, wie in einer langen Liebkosung. Ein Knie über der Armlehne. Ihr langes weißes Kleid kaschiert zwar ihre Beine, läßt aber die gespreizten Schenkel erahnen. Nackt wäre sie obszön. Sie will es auch sein, denkt Elisabeth. Jeanne lächelt, neigt den Kopf zur Seite. Ein prüfender Blick aus halb geschlossenen Augen.

»Danke. Es macht immer Spaß, Sie anzusehen.«

Julien ist wie gelähmt. Er blickt sie kaum an. Jeanne will etwas sagen, unterläßt es aber. Boris' Hemd liegt hinter dem Sessel auf dem Bett.

Und dann beginnt sie von den feinen Haaren auf seiner Brust zu sprechen.

»Das gefällt Ihnen?« fragt Julien plötzlich.

»Warum nicht?«

»Das haben wir uns auch schon gedacht, Hippolyte und ich, daß Ihnen so was gefallen würde.«

Wenn er von seinem Freund spricht, gewinnt Julien seine Sicherheit wieder. Er geht an ihr vorbei, um das Hemd vom Bett zu nehmen. Jetzt ist er nicht mehr schön. Hastig zieht er sich das Hemd über den Kopf und dreht sich ein paar Mal auf der Stelle.

»Besser so?«

Vielleicht wäre es ihm lieb gewesen, sich von neuem betrachten zu lassen, aber Jeanne springt plötzlich auf, faßt

Elisabeth bei der Hand und verläßt mit ihr im Laufschritt das Zimmer.

Zurück zum Fest. Weitere Gäste sind gekommen. Flimmernde Spots erhellen die Tanzfläche. Rock. Jeanne vergißt, wer sie ist. Ihr Blut nimmt die heftigen Rhythmen auf, die Töne durchbohren sie. Ihre Nerven liegen bloß. Immer derselbe Ruf.

Ein paar junge Leute haben ein Orchester gebildet: Schlagzeug, Gitarre und Gesang. Julien produziert sich unter dem Spot. Jeanne ist im Dunkeln. Die Augen auf die Saiten geheftet, läßt er die Gitarre vibrieren. Elisabeth beobachtet ihn, zweifelt. Das Wort »urwüchsig« kommt ihr in den Sinn. Julien bewegt sich vor Jeanne in vollkommener Körperlichkeit; sie ahnt die unbändige Lust dieses Körpers, zu umarmen und zu küssen.

Doch irgend etwas bewirkt, daß diese Bewegung nicht zustande kommt, steckenbleibt, so wie auch der Blick von den Haaren verschleiert ist. Bleibt dieses Wiegen in den Hüften, das den ganzen Oberkörper ergreift, und dieser Zug von Trägheit, der die Mundwinkel nach unten zieht. Das ist das Besondere an ihm.

Elisabeths Blick wandert von einem zum andern. Jeanne klatscht im Rhythmus der Gitarre, ihr Körper glüht, und ab und zu schreit sie ein paar Worte des Schlagers: *When a Man loves a Woman.* Wann? Jetzt, schreit es in ihr. Kein Zweifel, sie will ihn jetzt, und niemand wird sie daran hindern.

Bald schon läuten die Glocken Mitternacht. Alle umarmen einander, küssen einander. Jeanne steht allein auf der Terrasse.

Als sie eine Viertelstunde später in den Salon zurückkehrt, geht sie direkt auf Julien zu. Sie tanzen. Sie führt ihn. Er sagt:

»Immer machen Sie alles. Sie bestimmen.«

Sie: »Ja, das ist normal.«

Dann kommen einschmeichelndere Melodien. Sie schlingt ihm die Arme um den Hals, genießt an seine Brust gepreßt seinen warmen Geruch. Er tut nichts, läßt mit sich geschehen. Sie streichelt ihn hinten im Nacken. *Just like a Woman.* Sie nimmt, was sie kann. Sie sieht glücklich aus. Ihr Mund berührt seine Schulter. Reden ist unmöglich geworden. Ihre Beine streifen an seinen Jeans entlang, sein bis zum Nabel aufgeknöpftes weißes Hemd klebt an ihr. Sie tanzt mit geschlossenen Augen, einen, zwei, drei Tänze. Ihr Zopf ist aufgegangen, das Haar fällt offen herab. Sie tanzt nicht mehr. Ihr Körper kommt langsam zum Stillstand. *Summertime.* Nur sie beide tanzen. In diesem Moment blickt Julien sich suchend nach den anderen um. Hippolyte, der im Türrahmen lehnt, hat sie nicht aus den Augen gelassen. Der Skandal ist sichtbar für jedermann. Ihm wird klar, daß jetzt Schluß gemacht werden muß, er streckt den Arm nach dem Phonokoffer aus. Die Musik schweigt, der Traum erlischt schlagartig, Julien geht in den Salon zurück. Jeanne steht unbeweglich, warm pulsiert es in ihr, der Körper vibriert noch in den letzten Akkorden. Ihre Arme hängen herab, am Kleid entlang. Sie atmet mit geschlossenen Augen. Die langen Haarsträhnen kleben ihr an der Haut. Eine gefallene Frau. Julien hat sich in die Sofakissen geworfen. Am Anfang war die Sünde. Sie hätte ihn vergewaltigt, um das herauszufinden.

Hippolyte geht auf sie zu, um mit ihr zu reden: Sie

muß Juliens Zurückhaltung verstehen. Er hat Angst, wahnsinnig zu werden. Später wird er eine Frau begehren können, später, jetzt nicht.

Ihr bleibt keine Wahl.

Der Salon ist fast menschenleer. Eine junge Frau weint, Florence, Hippolytes Freundin. Auch Lucile hockt in einer Ecke, die Augen voller Tränen. Jemand sagt ihr, sie solle schlafen gehen, nach oben. Es ist Boris' Stimme. Er begleitet seine Tochter in den ersten Stock und macht die Tür des Schlafzimmers hinter sich zu.

Julien sitzt auf dem Sofa wie auf einem Armesünderbänkchen. Das Blut ist aus seinem Gesicht gewichen, er schwitzt. Jeanne streckt sich neben ihm aus. Ihr weißes Kleid berührt den Boden. Sie legt Kopf und Schultern auf Juliens Schenkel. Der Augenblick, wo etwas möglich gewesen wäre, liegt schon weit hinter ihnen.

Niemand spricht. Beide halten die Augen geschlossen. Eine umgekehrte Pietà. Vielleicht würden sie beide gern eine Weile schlafen. Dann hört man Jeanne wimmern. Eine Welle der Verzweiflung, sie bäumt sich auf, preßt ihr Gesicht in Juliens Achselhöhle unter den weiten Hemdsärmel. Schluchzt. Gierig atmet sie seinen Geruch ein, seinen wie Äther betäubenden Schweiß. Als wolle sie das Bewußtsein verlieren. Sie spürt, wie Juliens herber Geruch sie ganz erfüllt.

Julien rührt sich nicht. Da bäumt sie sich wieder auf. Fällt mit ihrem ganzen Gewicht auf die Schenkel des Jungen zurück. Dann suchen ihre Augen nach Elisabeth, als sei sie die einzige, die Verständnis für sie hat. Der Blick sagt: »Da siehst du's.« Und sie greift nach Juliens Hand, wie man die Hand eines Mannes ergreift, nachdem man mit ihm geschlafen hat. Kraftlos fällt die Hand herab, ein nasser Lappen. »Siehst du!« Sie hat sich wieder in der Gewalt. Und zu Hippolyte gewandt:

»Schauen Sie ihn an, Ihren Julien! Ein toter Mann.«

Der Satz bleibt im Raum hängen.

Draußen war der Morgen aufgegangen über der Seine. Dunst hing über dem Gras im Park.

Jeanne zog einen Mantel und Stiefel über, öffnete die Terrassentür und ging zum Fluß hinunter. Ohne sich umzudrehen. Die Hunde begleiteten sie. Sie ließ das Tor hinter sich, folgte dem grauen Band des Wassers, ganz langsam, immer weiter und weiter. Ist ihr jemand nachgegangen? Sie dürfte es lange vermutet haben. Bis sie das Gestrüpp am Steinbruch erreicht hatte, wo es auf mehrere Kilometer kein Ufer mehr gibt. Da schaute sie sich endlich um.

Der Dunst hatte sich aufgelöst, die Sonne war aufgegangen in einem von unerbittlichem Blau kalten Himmel, der sich in dem faltenlosen Wasser spiegelte, einer stummen Fläche. Sie legte sich hin auf das gefrorene Seineufer. Hoch oben stellten die entblätterten, unbarmherzigen Bäume eine einzige Frage: ist dieser Morgen nicht der Tod? Sie war allein. Die Hunde liefen herbei und leckten ihr übers Gesicht. Als sie wieder aufstand, hatte die Kälte der Erde sie fast ganz ergriffen.

Julien, auf der Terrasse, der Sonne zugewandt. War es ihm in den Sinn gekommen, ihr nachzugehen, als sie mit den Hunden hinter den Platanen verschwand? Vielleicht. Aber er hat es nicht getan.

In der Nacht war er ein toter Mann, aber mit dem Morgen wird er wieder wach. Die Sonne hat schon die Kraft, sich ihn zu packen. Sie umgibt ihn mit ihren ersten glorreichen Strahlen. Die Verwirrung der Nacht lastet ihm noch auf Brustkorb, Armen und Unterleib. Er streckt sich. Es ist vorbei. Hoffentlich ist es vorbei, vorbei. Er zaust sich das Haar. Seine Augen glänzen. Ja, es ist Tag. Julien ist nicht mehr tot. Er fühlt die Wärme von außen. In den Armen einer Frau wäre er gestorben. Aber er läßt sich nicht rumkriegen wie eine Jungfrau. Julien liebt die Sonne, und die Sonne wird sein Gott. Endlich kann er wieder durchatmen.

Nach dem Frühstück rund um den Kamin sind die Jungen wieder beisammen. Hippolyte, Denis, Julien. Man kann Gesprächsfetzen aufschnappen. Wie gewöhnlich reden sie von ihren großen Vorhaben. Dem märchenhaften Los, das sie irgendwo erwartet. Sie legen Holz nach. Bestätigen sich gegenseitig, wie genial sie sind. Jeanne geht immer mal wieder zu ihnen hin, setzt sich dann aber wieder an den Familientisch. Ohne ein Wort. Sie träumt von einem Doppelleben. Sie pirscht sich an den Kamin heran, wie um insgeheim an einem Komplott teilzuhaben, das die etablierte Ordnung verändern wird. Diese Ordnung hat ihr Gefüge ja auch schon leicht gelockert, Elastizität bewiesen. Als sie zum Tisch zurückkehrt, sieht jeder, daß sie sich selbst und allen anderen etwas vormacht, daß sie schon gar nicht mehr da ist, nirgendwo, daß sie um Julien herumstreicht wie ein liebestoller Hund.

Julien, über den Spülstein gebeugt, wäscht das Geschirr ab. Jeanne hält sich so dicht hinter ihm, daß sie unter dem

Hemd die regelmäßigen Bewegungen seiner Muskeln erahnen kann. So dicht, daß er spüren muß, wie das Herz der Frau in seinem Rücken klopft. Plötzlich Getöse. Im Hof sind zwei große Hunde wie wild über einander hergefallen. Rote Augen, hochgezogene Lefzen. Allgemeines Geschrei. Ein Hund hat dem anderen seine Zähne in den Lauf gegraben. Sie geifern. Keiner wagt sie zu trennen. Jeanne schnappt sich eine Schüssel und schleudert sie auf die Hunde, die sich in Fetzen zu reißen scheinen. Die Schüssel zerspringt auf den Pflastersteinen. Verdutzt weichen die Hunde zurück. Ein Meter zwischen ihren haßroten Augen. Blut tropft. Jeanne packt einen der beiden am Halsband und sperrt ihn in die Garage.

Sie kommt zurück, bemerkt das Blut auf ihren Schuhen, bückt sich und fährt mit den Fingern über das Leder. Dann bittet sie Julien, die Scherben aufzusammeln. Ihre Hand ist blutbeschmiert. Sie ist ruhig, man könnte meinen, der Anblick von Blut habe sie beruhigt, ihr ihre Fassung wiedergegeben.

Dann geht sie nach draußen.

Auf dem Gestüt sattelt sie sich ein Pferd, setzt es sofort in Galopp und reitet tief in den Wald hinein, um verlorenes Terrain wiederzugewinnen.

Das hat nicht genügt. Wird nicht genügen.

Kaum ist sie zurück in Paris, spürt sie Juliens Abwesenheit. In der Wohnung drüben sieht sie seine Gestalt nicht mehr, die Gitarre schweigt, die Vorhänge sind geschlossen.

Eines Abends taucht sie unangemeldet, gegen Mitternacht, wie eine Diebin, in Hippolytes Zimmer auf. Der Junge hat gerade den Fernseher ausgeschaltet.

»Wieder einmal Krieg«, sagt er.

»Und Julien?«

»Ist in den Schnee gefahren. Um wieder zu Kräften zu kommen. In letzter Zeit war er ja wie von Schwäche befallen. Er hatte Angst. Angst, von Ihnen vergiftet zu werden.«

Jeanne, an die Wand gelehnt, sieht Julien in Schneemassen versinken. Der unberührte Schnee der Gipfel. Keine Spur. Kein Mißverständnis mehr.

»Wann kommt er zurück?«

»Wenn er auf den Grund vorgestoßen ist.«

Und sie dachte bei sich: Leben ist mehr als auf den Grund vorstoßen. Man braucht nur zu leben.

Sie geht aus, kommt zurück, flieht das Haus. Wenn sie ausgeht, vergißt sie, die Türen hinter sich zuzumachen. Alles ist offen.

Man hört sie das hallende Treppenhaus hinuntergehen, über den leeren Hof laufen, bis zum Tor, das in Schulterhöhe aufgeht. Ein paar Stunden später geht sie wieder hinauf. Vermutlich um nachzusehen, ob die Kinder schon da sind.

Es ist fünf Uhr nachmittags. Der Fernseher läuft, kein anderes Licht brennt. Anja und ihre große Schwester sehen sich gemeinsam Comicserien an, egal was, von einem Programm zum andern. Auf dem Schirm wimmelt es von leuchtenden Farbflecken. Laut Aussage der Kinder verbietet Jeanne ihnen nichts mehr. Zwingt sie auch zu nichts mehr. Sie verstehen diese neue Freiheit nicht. Das Klavier ist geschlossen, verstummt. Kein *Abschiedswalzer* mehr.

Elisabeth setzt sich häufig zu ihnen. Versucht die Mutter zu ersetzen. Jeanne spricht nicht, bleibt ein paar Minuten im Dunkeln neben ihr stehen, immer noch im Mantel, streicht den Mädchen übers Haar.

Sie sagt: »Alles in Ordnung? Bleibt schön brav. Papa wird bald heimkommen.«

Anja plappert nach: »Papa wird bald heimkommen … Und du?«

»Auch. Ich werde auch heimkommen. Etwas später.«

»Das ist nicht dasselbe.«

»Nein.«

Elisabeth sagt, sie werde das Abendessen machen. Jeanne wirft einen Blick auf das dunkle Fensterbrett dort drüben. Läuft wieder fort, macht der Freundin ein Handzeichen: danke, daß du da bist.

Was macht sie draußen? Angeblich mischt sie sich unter die Menschen bei den Springbrunnen, geht in Richtung Luxembourg, sucht mit Blicken die Straßen ab, starrt in die Gesichter. Im Park bleibt Jeanne vor einer Statue stehen, vor der, die gar nicht aus Stein zu sein scheint. Später schlendert sie die mondbeschienenen Kais entlang. Macht Halt vor Kinoplakaten.

Ein amerikanischer Film ist gerade angelaufen. Die Liebe zwischen einer fünfundvierzigjährigen Frau und einem jungen Mann. Sie rennt in die erste Aufführung, an einem Mittwochnachmittag, im Kino ihres Viertels. Sie hofft, daß Julien kommt, daß er da sein wird, weil sie ja beide davon wissen. Das wäre die Gelegenheit, sich im Dunkeln zu offenbaren, jeder am Abgrund taumelnd, die Hände des anderen suchend. Das warme Anschwellen seines Gliedes, nein, das hat sie noch nicht unter ihren Fingern gespürt. Endlich könnte sie ihn berühren. In der Stille, ohne ein Wort: wissen, daß es da ist. Daß diese Liebe existiert.

Sie hat sich in die letzte Reihe gesetzt. Vier Personen sitzen im Saal, lauter Alte. Der Film hat schon angefangen. Dunkelheit umschließt sie. Ein Grab. Auf der Leinwand das Glutrot des flammenden Begehrens. Die Enttäuschung hat ihre Tränen hervorquellen lassen, denn sie hat ihn gewollt. Ihre Finger unter dem auseinandergeschobenen Rock suchen in ihr selbst. »Ich kann nicht warten.« Die rastlose Hand lockt Wogen der Lust hervor. Sie stößt einen Seufzer aus, den Seufzer einer unbefriedigten Frau. Wie die Frau dort auf der Leinwand hat sie sich in einen Mann vergafft, der nicht für sie bestimmt ist. Dagegen ist kein Kraut gewachsen. Gegen dieses Verlangen. Und als es sie überkommt, sie sich aufbäumt, sich hineinstürzt in diesen Raum, der sie peinigt, reißt die Leinwand, und der Saal ihrer Träume ist leer. Sie steht auf.

Als sie das Kino verläßt, ist der erste Schnee gefallen. Sie hätte sich gern noch eine zweite, eine dritte Vorstellung angesehen. Die ganze Nacht lang. Dann hätte sie jedes Mal, wenn das Licht auf die Leinwand traf, ganz für sich allein erlebt, wie männliche Schönheit aus dem Dunkel hervorbricht und unnütz gewordenen Stoff beiseite schiebt.

Als sie heimkommt, haben die anderen bereits mit dem Abendessen begonnen. Alle sitzen schweigend um den Tisch. Sie entschuldigt sich beiläufig, setzt sich an ihren gewohnten Platz. Wenn jemand hochschaut, wendet sie den Blick ab. Sie ist ganz woanders.

Nein. Sie sitzt da, lächelt, sucht aber niemanden. Will nicht sprechen, nichts wissen. Alle konkreten Pflichten sind ihr fremd geworden. Das alles ist belanglos. Sich bloß dafür nicht mehr anstrengen. Das Haus ist feucht und düster, Küchengeräusche haben sich eingenistet. Sie ist nicht da, ist in ihrer eigenen Welt. Hastig schlingt sie ein paar Bissen hinunter. Sie entsinnt sich früherer Sätze, die ihr nicht mehr auf die Lippen wollen. Ihr Gesicht ist starr, es scheint sie zu entsetzen, daß so viele um sie sind und sie doch so allein ist. Nichts scheint diese Lücke ausfüllen zu können. Solange die Angelegenheit mit Julien nicht geregelt ist, wird sie nicht einmal mehr wahrnehmen, daß sie einen Mann und Kinder hat, das ist klar.

Das bittere Ende wird kommen.

Eines Tages hat Jeanne eine Verabredung mit einer Italienerin. Es ist elf Uhr vormittags und sehr schönes Wetter. Sie plaudern über harmlose Dinge, und plötzlich gibt Jeanne ihr Geheimnis preis und erzählt von ihrem jungen Geliebten, der nicht ihr Liebhaber ist.

»Kommen Sie mit ihm zu mir nach Venedig«, schlägt die Italienerin vor. »Eine Woche, dann kehren Sie nach Paris zurück. Das darf man sich nicht versagen, es ist zu schön. Er schenkt Ihnen seine Jugend und Sie ihm Ihre Reife. Ganz einfach.«

Jeanne sagt, ja, ja, es ist wundervoll, nur nicht in Wirklichkeit. Es ist keine Geschichte wie alle anderen.

Sie bummeln ein wenig, probieren Kleider an in verschiedenen Geschäften. Es macht ihnen Spaß, sich voreinander auszuziehen, den Bauch, die Beine der anderen zu begutachten. Sie legen Tücher um, legen Schmuck an, beschnuppern ihre Parfums, tauschen ihre Ringe.

»Ich möchte Ihnen gern etwas sehr, sehr Schönes schenken. Es wird eine Entdeckung sein.«

Jeanne kauft ihr *Acis und Galathea* von Händel.

»Denken Sie dabei an mich.«

Um vier Uhr nachmittags trennen sie sich. Umarmen und küssen einander. Spüren, wie ihre Brüste sich berühren. Zwei starke Frauen. Die Italienerin sagt zu ihr:

»Es war schön für mich.«

»Für mich auch.«

»Vielleicht in Venedig.«

Als sie nach Hause kommt, findet Jeanne ein Päckchen, das abgegeben worden ist. Ein winziges Tablett aus Muranoglas, eine Obsttablett mit einer winzigen Kirsche, einer winzigen Banane, einer winzigen Traube, einem winzigen Apfel und dabei die Zeilen:

»Vergessen Sie nicht: die Kirsche steht für den Glanz der Begegnung. Die Banane für besagtes Rendez-vous, die Traube für das Hier und Jetzt, der Apfel für die Sünde.«

Jeanne erzählt die Geschichte Elisabeth, sagt, wie leicht es doch sei, sich mit einer Frau zu verständigen, wie saftig die Früchte auf dem Tablett wirkten im Vergleich zu diesem kargen Boden, auf dem sie sät und nur kümmerlich erntet. Die Saison ist schlecht. Farben, Brot, Saft werden uns vorenthalten. Wir sind Kinder hinter dem Pflug, ackern uns durchs Leben.

Dann ist er eines Tages wieder da. Er macht einen zufriedenen Eindruck. Seine Bewegungen sind wieder so geschmeidig wie am Anfang. Seine Zähne blitzen weiß im gebräunten Gesicht.

Jeanne sagt zu Elisabeth, in den letzten Tagen sei sie

unendlich matt gewesen: »Im Geiste bin ich rund um den Erdball gereist, ich kann nicht mehr.« Weil sie Stunden um Stunden nur an ihn gedacht hat.

Ihr Herz macht einen Satz, als sie ihn über die Schwelle kommen sieht, sofort will sie ihn in ihrer Nähe haben, ihn festnageln, an den Tisch zwingen:

»Essen wir zusammen zu Abend.«

Julien verschlingt mit Appetit das Fleisch. Sie sieht ihm zu, wie er ißt, betrachtet seinen Mund.

Nach dem Dessert zieht Boris sich sofort in sein Zimmer zurück. Er hat eine Sitzung für morgen vorzubereiten. Elisabeth streicht um den Tisch herum. Sie weiß nicht so recht, ob sie bleiben, weiter mitspielen soll.

Jeanne hat sich in den großen blauen, bequemen Sessel gekuschelt und zieht an ihrer Zigarette. Sie bedeutet ihrer Freundin: setz dich. Sie will sie als Zeugin haben.

Als Jeanne von bestimmten Männern spricht, die die Frauen nicht lieben, es aber nicht wissen, ist ihre Stimme so heiser, als habe sie monatelang geredet, gar geschrien.

»Wieso?« fragt Julien.

»Das sehe ich doch, in meiner Umgebung.«

»Was?«

»Ich sehe doch, wie ihr männlichen Wesen, die Helden der Zukunft, mit euren Frauen lebt, sie aber bereits verlassen habt, längst anderswo seid.«

»Das heißt?«

»Daß ihr sie täuscht über eure Anwesenheit.«

Julien hält den Blick gesenkt, er wartet. Wer kann ihm zu Hilfe kommen? Elisabeth murmelt:

»Ihr macht euch beide unglücklich.«

Julien sinniert:

»Was ist der Unterschied zwischen einem männlichen Wesen und einem männlichen Mann?«

Elisabeth schaut zu Jeanne hinüber, begegnet ihrem Blick. Jeanne redet nicht nur ungeschminkt, sie provoziert, als sie sich vorwagt zu sagen:

»Ein männlicher Mann ist ein Mann, der es versteht, Mann zu sein für eine Frau.«

Das ist natürlich an Julien gerichtet, das sieht man an ihrem flehenden Blick. Julien gerät außer Fassung, versucht sich in Sicherheit zu bringen:

»Ich versteh schon, ich bin nur ein männliches Wesen«, sagt er schließlich.

Schweigen. Jeanne geht nicht darauf ein. Es ist heiß, fast erstickend heiß in diesem Eßzimmer. Dann sagt sie:

»Nein. Ein Kind.«

Elisabeth muß lachen: »Ein Kind? Findest du?«

»Ja«, sagt sie, »ein großes Kind.«

Elisabeth lacht von neuem: »Was für ein Gedanke!«

Jeanne ist es ernst. Ihre Stimme klingt brüchig vor lauter Zärtlichkeit: Juliens Gesicht ist unter seinen Haaren verschwunden, wie immer, wenn er den Kopf neigt. Jeannes einziges Ziel ist Juliens Körper. Sie spricht wieder. Was sagt sie? Es ist schon spät, und sie hat getrunken. Alle haben getrunken.

Julien hat sich noch nicht wieder aufgerichtet. Seine Haare sind glatt unter den streichelnden Blicken.

Jeanne rühmt sich, geliebt zu haben, zu wissen, was heftige Erregung ist, und daß der Liebesakt tröstet. Elisabeth entgeht kein Wort. Jeanne schildert den Idealzustand einer mit Julien erlebten Leidenschaft.

Elisabeth begehrt auf: Dieses obskure Glück kann man

doch nicht aufzwingen … Aber Jeanne bemerkt nichts. Sie glaubt, Juliens Herz sei verkümmert, weil es ihr nicht gehört. Seine Jugend habe den Ansturm der Leidenschaft zwar noch nicht erlebt, werde aber schließlich …

Ihr Blick streicht an Juliens Nackenpartie hinab, die sie so liebt, weil sie so weiß ist.

»Siehst du, er allein …«

Der Satz ist an Elisabeth gerichtet. Jeannes Stimme ist jetzt voll süßer Demut, gibt sich völlig hin. Ihr Blick strahlt unter den halbgeschlossenen Lidern, streichelt immer noch Juliens Haar. Elisabeth sagt hastig, um Schluß zu machen:

»Ja, ich verstehe.«

Doch jetzt existiert sie schon nicht mehr. Juliens Kopf unter der Haarmähne hat sich nach vorne geschoben, der Nacken beugt sich zu Jeanne hinunter. Ganz nah an ihrem Körper, fast an ihrem Bauch, murmelt eine erstickte Stimme:

»Für eine Mutter bin ich auch der einzige auf der Welt …«

Jetzt ist es heraus. Mit kraftloser Stimme. Eine Stimme, die nach rückwärts gewandt ist, weit zurück in seine Kindheit.

Diese Stimme stammelt:

»Es ist sowieso alles entschieden. Entschieden, vorbestimmt.«

Juliens Oberkörper hängt völlig vornüber. Jeanne ist scheinbar glücklich. Mit beiden Händen umfängt sie Juliens Kopf, zieht ihn zu sich heran und zwingt ihn somit, sich auf ihren Unterleib zu legen. Sie spricht kein Wort. Insistiert. Der Nacken liegt bloß, der Kopf wird immer schwerer, die Haare breiten sich über ihr Kleid. Seine Indianerhaare … Mit beiden Händen drückt sie den Kopf nieder. Er geht noch tiefer. Er atmet die lebendige dunkle Wärme ein, die er dort findet.

Einen Augenblick lang leistet der Nacken Widerstand unter der Masse der Haare, er reckt sich, fällt zurück. Ein kurzer Aufschrei, wie der eines Kindes. Dann nichts mehr. Hingabe auf beiden Seiten. Endlich ergibt er sich. Ein paar Minuten lang. Kämpft nicht mehr gegen einen mütterlichen Leib. Läßt sich werden. Jeanne hat die Augen geschlossen. Sie ist verklärt, wie eine Gebärende.

»Atmen Sie tief durch. Einatmen, ausatmen …«

Ihre Brust ist leicht nach vorne geneigt, legt sich auf Juliens Oberkörper. Zwei Schwäne, ineinander verschlungen.

»Sie können mich lieben, wenn Sie mich nicht mehr sehen, nicht wahr? Ich wußte es.«

Julien atmet geräuschvoll. Er kommt langsam zu sich, wie nach einem seltsamen Traum. Jeanne lastet mit dem ganzen Gewicht ihres Busens auf ihm. Sie sind in einer Nacht versunken, die man nicht betrachten kann. Sie ist völlig aufgegangen in diesem gemeinsamen Schweigen, atmet im gleichen Rhythmus wie er. Um sie ist alles verloschen. Sie summt ein Wiegenlied, während sie seinen Rücken streichelt, der schmerzlich hoch- und niedergeht. Legt ihm die Hand auf die Hüften, um sie heranzuziehen. Glück. Plötzlich hebt Julien den Kopf. Während er sich aufrichtet, sucht er einen Namen zu stammeln, da, ganz nah, er liegt ihm auf der Zunge. Er hat den Blick eines Menschen, der ins Leere hinabgetaucht ist, und das noch angsterfüllte Gesicht eines Überlebenden.

»Hier machen wir Schluß«, sagt sie ganz hastig.

An diesem Abend ist Jeanne seine Mutter geworden. Ein fruchtbare Lüge. Die Mutter seiner zweiundzwanzig Jahre. Ob so oder so, er wird nicht mehr ohne sie sein können. Und sie trägt ihn jetzt in sich wie ein verheißenes Kind.

Von dem aus läßt sich das Übrige ermessen.

Es kam der 23. Januar. Ein Dienstag. Seit dem Abend, da Julien nachgegeben und mit seinem Oberkörper auf ihrem Bauch gelegen hatte, hatten sie einander nicht wiedergesehen. Ein verheißungsvolles Lasten war dies gewesen, das in ihr ein noch stärkeres, aber noch dunkles Gefühl erweckt hatte. Er ist jetzt in ihr, als habe er endgültig etwas zurückgelassen in ihrem Leib. Sie trägt ihn, er wächst in ihr heran, wird aus ihr geboren werden.

Sie war früh zu Bett gegangen, konnte aber keinen Schlaf finden. Boris legte sich später neben sie. Sie stellte sich schlafend, schlief aber nicht. Wollte diesen Zustand verbergen, wo das Herz im Traum schlägt und die Haut schwitzt. Seit einiger Zeit schon lag ein Schleier über dem Schlafzimmer. Es kam vor, daß die Gatten wie Steinfiguren auf einem von der Zeit erkalteten Bett lagen. Sie spürte, daß auch Boris nicht schlief. Vertrauliche Gesten waren verboten.

Gegen zwei Uhr früh vernimmt sie schnelle Schritte im Treppenhaus. Hinauf und hinunter. Geflüster. Sie sind zu mehreren. Jeanne steht auf, blickt auf den Hof, sieht aber niemanden. Wieder Geflüster. Es wird geklopft. Lucile steht halbnackt auf der Schwelle. Ihr Gesicht ist bleich, ihre Kehle zugeschnürt, und es klingt flehentlich, als sie sagt – was man ihr vielleicht aufgetragen hat:

»Sie wollen sich von uns verabschieden. Heute abend. Sie gehen endgültig.«

Jeanne begreift sofort. Er wird nicht gehen ohne ihren Segen, ohne daß sie ihn losgelassen hat. Sie braucht nur eine Sekunde, um über den nackten Körper Wollsocken, ein T-Shirt, einen Mantel zu ziehen. Boris schlüpft zögernd in einen Morgenrock. Gemeinsam gehen sie hinunter ins Schlafzimmer der Jungen, wo sie schon erwartet werden. Hippolyte stürzt sich mit Absicht als erster in Jeannes Arme. Sie umfängt seinen jungen und mageren Körper, spürt seinen keuchenden Atem, er flüstert ihr was ins Ohr, das niemand hört.

»Wir haben Sie zu lieb. Wir gehen.«

Vielleicht war dies die Wahrheit. Daß beide sie liebten. Daß sie sich zur Abreise entschlossen hatten, um nicht getrennt zu werden durch ihr exklusives Verlangen nach ein und derselben Frau. Um den engen Kontakt zueinander nicht zu verlieren. Vielleicht hätte sie beide in gleicher Weise lieben sollen. Doppelt engagiert, oder, im Gegenteil, doppelt zerstreut. Aber das stand nicht geschrieben. Zerstreuung ist niemals vorgegeben, das Schicksal wählt den schmalsten Pfad, den, dem man nicht ausweichen kann. Sogar wenn am Ende nichts ist: Wir gehen und wir gehen nicht – wir werden geführt.

Mit Blicken sucht sie den, um den sie weinen wird, wenn sie ihn nicht mehr sieht. Julien, der in die Welt hinaus zieht, einem anderen Ruhm nachjagt als dem, den sie ihm bietet. Die Sonne, der er entgegengeht, wird die Spätsommerstrahlen voller Zärtlichkeit hinter sich lassen.

Noch steht sie hier, in den jämmerlichen Armen Hippolytes, der sie immer fester an sich drückt. Aber warum er? Um sie herum herrscht Aufbruchstimmung. Jeanne sucht sich aus dieser wahnwitzigen Umarmung zu befreien, schaut über ihn hinweg, ihre Schulter streift die von Julien, die ganz nah ist. Jemand nimmt Julien in den Arm. Das wird ihre Tochter sein. Jeanne sucht sich zu befreien. Da reißt Hippolyte sich los, weicht zurück, hämmert sich gegen die Stirn und schreit:

»Nein! Ich kann das nicht ertragen!«

Jeannes schwarzer Mantel ist aufgegangen. Man sieht das lange T-Shirt, ihre nackten Beine. Wehrlos sieht sie aus, ganz jung, mit ihren ungekämmten, aufgelösten blonden Haaren. Doch ihre Miene ist ernst, woran auch die Andeutung eines hochmütigen Lächelns nichts zu ändern vermag. Sie gleicht dem kleinen Mädchen mit den Schwefelhölzchen.

Dies ist der Moment, wo alles offenbart werden darf. Sie faßt sich wieder. Der Mond steht günstig. Blitzartig ist ihre Selbstbeherrschung wieder da, fällt ihr eine List ein.

»Völlig richtig, was ihr da macht. Ihr habt recht«, hört sie sich sagen. »Kommt, begießen wir euren Abschied.«

Vielleicht ist ihr nicht so ganz bewußt, daß der Abschied unmittelbar bevorsteht. Noch ist er hier, zum Greifen nahe, dieser Junge, den sie liebt. Das ist eine Wonne, und was folgen wird, ist zunächst unwichtig. Ein paar Augenblicke lang wird sie ihn noch bei sich haben, und da wird sich die geheime, verzagte große Leidenschaft offenbaren, da es ja jetzt zu spät ist. Jetzt, beim Abschied, wird er ihr sagen können, daß er sie liebt und daß sie die Frau ist, der er sich nicht zu nähern wagt, die Vollendung seiner Träume, der aus geheimen Tiefen kommende Widerschein dessen, was er nicht kennt. Kurz, er wird sich bekennen, da er ja schon nicht mehr hier, schon fort ist. Er wird sie umarmen, küssen, ihr sagen können …

Vor Verwirrung und Aufregung ist Jeannes Gesicht jetzt scharlachrot.

Sie sitzen im Salon. In langstieligen, kostbaren und zarten Kristallschalen hat Jeanne Weißwein herumgereicht. Julien sitzt auf dem Sofa, hält den Oberkörper gerade, die Hände auf den Schenkeln. Neben dem Mund mit den zusammengepreßten Lippen verlaufen zwei Falten von den Wangen bis zum Kinn. Dieser sterile Widerstand macht ihn älter.

Hippolyte schildert den Verlauf des Abends: Um neun Uhr hatten sie sich in einer Kneipe auf ein Glas verabredet. Um elf Uhr hatten sie beschlossen, alle Brücken hinter sich abzureißen. Am selben Tag noch. Sofort.

Was haben sie vor? Sie wissen es nicht. Weggehen. Hat das nicht bis morgen Zeit? Nein. Bloß nichts hinausschieben. Haben sie alles, was sie brauchen? Geld, Paß? Genug für den Anfang. Danach werden sie arbeiten. Haben sie sich's gut überlegt? Ja, schon lange, der Plan ist gereift. Der Augenblick ist gekommen. Jetzt ist höchste Zeit. Wohin wollen sie? Zunächst nach Südfrankreich, dann nach Spanien, Afrika, Südamerika …

Ihre Geschäftigkeit bringt Unruhe in die familiäre Nacht. Lucile hätte geschworen, daß sie niemals gehen würden. Sie konnte sich nicht vorstellen, daß sie aktiver würden, als sie die ganze Zeit über waren. Sie kehrten doch allem den Rücken – nein, man mußte ihnen nicht glauben. Boris hörte zu, er maß ihre Worte an der Elle der Taten, zu denen sie sich anschickten.

Ihren Eltern würden sie ein paar Zeilen hinterlassen, die diese nach ihrer Abreise finden würden. Aus Furcht vor vernünftigem Zureden und dem Aufschrei der Mütter, wenn sie erführen, daß ihre Söhne nicht mehr da sind. Nur Jeanne wollten sie es wissen lassen. Sie wird sie nicht zurückhalten. Ganz im Gegenteil. Sie ist ihr Leuchtturm in ihrem Fernweh. Obwohl sie auch Angst haben.

Sie hört zu. Sie hat die Beine unter den schwarzen Tuchmantel hochgezogen, sie friert, das Glas zittert in ihrer Hand, der Wein fließt über ihre nackten Finger. Keiner achtet darauf, mit Ausnahme von Boris, der ihr ein Taschentuch reicht. Hippolyte redet wie ein Wasserfall. Julien blickt starr vor sich hin. Dreimal schleudert er mit einer Handbewegung die Haare nach hinten, doch ohne seine Körperhaltung zu ändern. Die Hände liegen gleich wieder auf den Schenkeln. Er wiederholt ständig Hippolytes letztes Wort, als wolle er ihren Entschluß bekräftigen und jedes anderswo gesprochene Wort vom Tisch fegen. Seine bleichen und schmalen, wie mit dem Messer geschnittenen Lippen entstellen ihn. Die verkrampfte Haltung von Hals- und Schulterpartie verrät einen Mann, der sich kaum noch bezwingen kann. So breite Schultern …

»Wir werden Leute kennenlernen«, beteuert Hippolyte.

»Kennenlernen werden wir bestimmt welche«, wiederholt Julien.

»Es wird toll sein. Jetzt machen wir's endlich.«

»Endlich, ja.«

»Es mußte nur mal entschieden werden.«

»Entschieden ist es jetzt.«

Andere Länder, andere Kontinente, sie gleiten dahin.

Hippolyte erzählt, was anderen passiert ist, zu anderen Zeiten, wie um sich selbst Mut zu machen. Haben sie Medikamente eingepackt? Nein, daran haben sie nicht gedacht, aber nützlich wär's vielleicht. Jeanne schlägt vor, ihnen welche nachzuschicken. Und zu lesen? Sie gibt ihnen Bücher mit: *Die leere Welt* von Pierre Jean Jouve, *Tagebuch eines Diebes* von Jean Genet, Joseph Conrad. Auf ihrem Schreibtisch findet sie bunte Postkarten. Fotos von Kindern mit verlorenem Blick in einem ungewissen Leben, weit von hier. Fotos, die sie häufig betrachtet. »Nehmt sie.« Und in demselben Ton, in dem sie das Übrige sagt, fügt sie hinzu: »Bringt mir ein Kind mit« – und streut Julien die Karten auf den Schoß.

Traurig sieht sie aus, als sie sich noch tiefer in den Sessel vergräbt und den Mantel noch fester um die Knie schlingt.

»Gefasel«, protestiert Lucile und deutet an, daß sie die anderen für geistig verwirrt hält.

Doch Julien scheint plötzlich gefangen von den Karten auf seinem Schoß, er wischt sich über die Stirn und schaut sich das Geschenk, das sie ihm gemacht hat, aus der Nähe an. Plötzlich kommt ihm in den Sinn, daß sie eine Frau ist, daß er sie nicht kennt, daß ihre Sehnsucht das wahre Leben ist und daß er sich nicht einmal bemüht hat, es kennenzulernen. Und Hippolyte, der den Mund nicht halten kann!

Doch dann geht ein Engel durchs Zimmer, und Julien bricht das Schweigen, indem er kaum hörbar stammelt:

»Ich sehe vor mir ein rundes Köpfchen mit Schlitzaugen und pechschwarzen Haaren … Versprochen.«

Sein erster vollständiger Satz an diesem Abend.

Hippolyte, der nichts begreift, rutscht auf seinem Stuhl hin und her. Er bemüht sich krampfhaft, Ruhe zu bewahren, doch seine Augen wandern mehrmals von Jeanne zu Julien, von ihm zu ihr.

Boris hat bis eben noch nur beiläufig zugehört. Doch als er sieht, wie seine Frau sich noch fester in das schwarze Tuch des Mantels wickelt und noch tiefer im Sessel versinkt, während die anderen schweigen, begreift er, daß er sie in diesem Augenblick nicht allein lassen darf. Seit zwei, drei Jahren liegen diese Fotos schon auf Jeannes Schreibtisch. Er weiß, daß sie sie unentwegt anschaut. Dieser Blick hat sie vielleicht voneinander entfernt. Monat für Monat hat er ihren Kummer geteilt, wenn die Menstruation wieder einsetzte. Das Kind war ein abstrakter Gedanke geblieben, niedergelegt auf dem Schreibtisch. Das Leben hatte sich zurückgezogen, die Blätter waren welk. Boris schiebt seinen Stuhl neben den Sessel seiner Frau. Ein Hauch von Wehmut, von Niedergeschlagenheit hängt in der Luft, die die jungen Leute nicht begreifen und die noch eine Weile für Schweigen sorgt. Ein Paar, zwei Körper genügen, um eine Welt zu erzeugen, und Boris leidet, wenn er sieht, wie benachteiligt Jeanne sich fühlt … Er neigt sich zu ihr, legt ihr seine Hand auf die Schulter. Ein Lichtstrahl fällt auf sie beide, wie in früheren Jahren.

Er ermuntert Julien:

»Wenn Sie mit einem Kind zurückkommen, wäre ich Ihnen sehr dankbar. Für uns wäre es wie der Tag einer Geburt. Am liebsten ein Junge. Wir haben ja schon drei Töchter.«

Lucile erschrickt, daß ihr das Blut aus dem Gesicht weicht.

»Total verrückt, meine Alten.«

Doch Julien, sichtlich gerührt von diesem unerwarteten Bekenntnis eines vierzig Jahre älteren Mannes, sagt hastig:

»Ich werde tun, was ich kann, gerne.«

Hippolyte kaschiert seine Verlegenheit. Er fühlt sich ausgeschlossen, dies ist eine völlig neue Situation, ein Pakt, den er nicht begreift. Boris und Julien wechseln Blicke, tief, fast feierlich, als übergebe der eine dem anderen die Macht. Julien sagt abermals:

»Ja, alles, was ich kann.«

Dann herrscht erneut Schweigen.

Jeanne ist in der Mitte. Es wurde über ihrem Kopf abgewickelt, hier der Ehemann, dort der Geliebte. Fahles Licht schimmert durch die Vorhänge, fällt auf das Kind, das zur Welt kommen wird. In ihren Mantel vergraben, vernimmt sie ein Erdbeben, unglaubliche Versprechungen. Sie klappert mit den Zähnen, ihre Gliedmaßen sind eisig. Ihr Blick schweift in die Ferne, über die Grenzen des Kontinents hinaus, über Meere und Berge, sie verliert sich in einer Landschaft voller Leben …

Dorthin wird Julien aufbrechen. Ihr nachreisen ins Land der ins Leben drängenden Kinder. Die goldene Mitte scheint gefunden. Ihr Mann ist einverstanden.

»Los, machen wir die Flasche leer.«

Lucile will endlich Schluß machen: einen letzten Schluck. Hippolyte hält ihr ein Glas hin. Das Gesicht des jungen Mädchens ist völlig ausdruckslos. Boris erzählt jetzt von seinen Reisen, von seiner Jugend und von den Entdeckungen, die man in diesem Alter macht. Von Abenteuern, unter Männern, spricht er auch. Diese beiden Jungen hängen so aneinander, daß die Eltern schon versucht haben, sie zu trennen. Schon des öfteren. Boris erklärt sich bereit, es ihnen zu erklären, sie zu beruhigen.

»Das wird nicht einfach sein ... Mütter lassen ihre Söhne nur schwer los.«

»Wichtig ist, daß man es ihnen erst sagt, wenn wir schon weit weg sind.«

»Wenn kein Umkehren mehr möglich ist, wenn sie verloren haben.«

Jeanne lächelt, als sie die Fassungslosigkeit der Mütter erwähnt. Sie bleiben also ein ausgespartes Eiland inmitten von Trümmern. Ihre Tochter hat ihr erzählt, wie beide Mütter ihren Einfluß auf die Jungen fürchten. Sie denken, Jeanne stürze sie ins Unglück. Es ist nicht normal, daß sie von einer Frau ihres Alters so offenherzig mit grenzenloser Bewunderung sprechen. Was die Tochter ihr da weitergab, hatte Jeanne nicht mißfallen.

Inzwischen geht es nurmehr um die Reisevorbereitungen, ums Zelt, um Schlafsäcke. Der Schock ist verflogen, sie schnallen die Gürtel fest um ihre jungen Leiber, die auf das tägliche Brot im Familienkreis nun werden verzichten müssen. Jeanne zieht die dicken gestrickten Hausschuhe aus, die sie vor einigen Jahren aus Nepal mitgebracht hat. Sie schenkt sie Julien.

»Meine Mutter pflegte zu sagen: ›Wenn die Füße warm sind, ist einem überall warm‹.«

Die Nacht ist wirr, die Reisenden ebenfalls. Wieder eine andere Frau, die Julien da entdeckt. Schnell, einen Kuß auf die Stirn, um sich zu bedanken, ein leichtes Zittern, ein *merci*, das einen kleinen Seufzer kaschiert. Der Rest verweht.

Julien sagt zu Lucile:

»Komm noch mit hinüber. Ich muß meine Sachen holen.«

Lucile ist schon auf der Schwelle.

»Was für eine Nacht!« raunt Boris seiner Frau ins Ohr, die er in die Arme genommen hat. »Wie eine Reise in eine Traumwelt.«

»Dabei sind wir hier, mittendrin.«

»Mittendrin in den Problemen junger Menschen.«

»Als wären wir selbst noch am Anfang und nicht schon weit fortgeschritten im Leben.«

»Ja, du hast recht.«

»Ein merkwürdiges Gefühl. Spürst du's? Ich zittere wie ein junges Mädchen.«

»Ich weiß noch gut, wie ich gezittert habe, als ich das erste Mal fortging.«

Sie lachen. Boris küßt seine Frau, bevor er sie wieder zum Sessel begleitet, wobei er sie mit einem Arm stützt. Da fällt ihm plötzlich auf, daß Hippolyte ja noch da ist:

»Sie sehen, in welche Verwirrung Sie uns stürzen.«

»Sie uns aber auch, noch viel stärker!«

Für Boris gibt es keinen Zweifel, daß Hippolyte die Wahrheit sagt, aber an diesem Abend möchte er die vermessene Ursache dieser Verwirrungen lieber noch nicht kennen.

Ein paar Minuten später ist Julien wieder da, ein schwarzes Tuch um den Hals. Er streicht sich die störrischen Strähnen aus der Stirn. Lucile zeigt sich nicht. Boris verabschiedet sich.

An den Wänden huschen flüchtige Bilder entlang, skizziert von den Scheinwerfern auf den Straßen, die von

Zeit zu Zeit die Schattengrotte erhellen. Es herrscht wieder Stille.

Julien hat die gleiche Stellung auf dem Sofa eingenommen, eine breitschultrige Skulptur, dort hingesetzt, gehemmt vom Ausmaß der eigenen Präsenz. An seinem Hemd fehlt ein Knopf. Jeanne bemerkt es sofort, als er sich hinsetzt. Hippolyte verabschiedet sich. Er muß noch ein paar Abschiedsworte schreiben für seine Freundin.

Die Leuchtbilder haben sich an der Wand festgekrallt. Die Grotte ist jetzt größer, eine ausladende Vitrine, in der Bücher, allerlei Gegenstände und ein alter Flügel ausgestellt sind. Alabasterweiß ringsum. Jeanne ist aufgestanden und bietet Julien ein Glas Wein an. Sie hat eine neue Flasche aufgemacht.

Er trinkt nicht sofort. Als hätte er ihr etwas anzuvertrauen. Doch nein. Er leert sein Glas, stellt es ab. Er redet von Hippolyte. Wer wen angespornt hat? Er ist sich fast sicher, daß er es diesmal war. Sie sind sich jedenfalls einig. Wer gab das entscheidende Zeichen, hatte das letzte Wort? Ja, er. Das ist wahrscheinlich. Ihn, Julien, hält hier wirklich nichts. Das Ziel? Tibet, ja. Ihretwegen wird er hingehen. Wegen des Kindes. Und Indien natürlich. Die Entdeckung des Orients. Der Indische Ozean. Er spricht, senkt den Blick, setzt Pausen, spricht von neuem.

Jeanne zappelt in ihrem Sessel. Das alles war schon gesagt worden. Sie stöhnt, verknotet ihre blonden Haare im Nacken, blickt zur Zimmerdecke hinauf. Wird immer ungeduldiger. Die unter den Mantel hochgezogenen Füße sind eisig. Man könnte meinen, Juliens Worte beeinträchtigten ihre Erwartung. Jetzt sind sie endlich allein, Lucile und Hippolyte können jeden Moment wieder auftauchen. Ein Kind. Das hat Julien ihr vorhin versprochen. Sie hört seine Worte schon durch die Welt laufen, auf allen Pfaden. Soll dies etwa ihr letzter Moment sein?

Was noch, Julien?

Bevor die anderen zurückkommen, muß einer etwas sagen!

Ein Wort der Gewißheit, und wenn es noch so winzig, noch so unbeholfen ist. Ein einziges Wort. Über diese Leidenschaft. Über die durchlebte Krise. Aber Julien fällt nur ein, daß er das Für und Wider mit Hippolyte genau abgewogen hat. Herrje, das wissen wir jetzt!

Jeanne hört nicht mehr, was er sagt. Er spricht ins Leere, abgehackte, lange Sätze. Starr wie ein Blinder, ohne mit der Wimper zu zucken, und dies angesichts der pathetischen Schönheit des letzten gemeinsamen Augenblicks. Ohne sich zu erklären. Ohne das Wort auszusprechen, welches ihre flüchtige Vermählung bestätigt hätte. Da zerbricht etwas in Jeannes Hand.

»Genug, das genügt!«

In ihren verkrampften Fingern ist das Glas zersprungen. Der Wein läuft über den Mantel, und etwas Blut.

»Verzeihen Sie mir, verzeihen Sie mir.«

Julien ist aufgesprungen. Er kommt näher und stürzt vor ihr auf die Knie.

»Nein, ich bitte Sie!«

Unbeholfen führt er die blutende Hand an seinen Mund, stammelt mehrmals »nein«, ringt nach Luft und drückt endlich seine Lippen darauf.

Sie weinte nicht mehr, als Hippolyte in den Salon zurückkam. Dann ging alles sehr schnell. Wenn sie Julien zum

Gehen ermunterte, dann nur, damit er zu ihr zurückkehre. Mit dem gleichen verzückten Blick, mit dem sie sich zum ersten Mal ansahen, ganz unbefangen, aber so, daß ihr Herz Feuer fing. Noch immer ist es das gleiche Begehren.

Wie um einen Schlag abzuwenden, sagt sie nur noch:

»Ob ihr für zehn Jahre, zehn Monate oder zehn Wochen fortgeht, spielt keine Rolle. Glaubt nur nicht, keine echten Männer zu sein, wenn es euch drängt, schon bald umzukehren. Ob das Abenteuer lang oder kurz war, ihr habt euch dann bewiesen.«

Es ist vier Uhr früh. Jeanne legt Julien und zugleich auch Hippolyte die Hand auf den Kopf und streicht ihnen sanft übers Haar. Eine kurze Gnadenfrist. Dann erscheint Lucile und beeilt sich, die Jungen bis zum Tor zu begleiten.

Für Jeanne ist es Zeit, die Vorhänge zuzuziehen und zu Bett zu gehen, in der Erwartung, im Traum die störrischen Strähnen des jungen Mannes vor sich zu sehen, die verweigerte Vereinigung.

Im Salon sind alle Lichter gelöscht. Nur auf dem Kaminsims brennt ein spärliches Lämpchen. Auf dem Tisch zwei fast leere Flaschen und Glasscherben. Jeanne sagt, sie falle um vor Müdigkeit. Lucile kippt die letzten Tropfen Wein hinunter. Sie trägt ein kurzes Kleid aus Woll-Nylongemisch, das nur bis zu den Oberschenkeln reicht. Eine lebhafte, ins Orange gehende Farbe. Die Wangen des jungen Mädchens glühen vor Erregung, ihre rundlichen Arme sind hübsch geformt. Sie trinkt in kleinen Schlucken, leckt sich die Mundwinkel und lächelt. Sie bittet ihre Mutter, noch fünf Minuten mit ihr sitzen zu bleiben. Sie möchte sprechen. Zögert, dreht das Glas in der Hand.

Was ist passiert? Was ist los?

Jeanne hat sich wieder ins Sofa gesetzt, auf Juliens Platz. Im Sessel der Mutter windet Lucile ihre Hände, knetet die Finger, einen nach dem anderen, und scheint keinen Schmerz zu empfinden.

Sie ist aufgestanden.

»Glaubst du, daß er mich liebt?«

Schweigen. Jeanne betrachtet ihre immer noch blutende Wunde.

»Wird er mich, wenn er wiederkommt, genau so lieben wie vorhin?«

Der Satz erfüllt den ganzen Raum, hallt nach. Die Dunkelheit läßt ein tausendfaches Echo widerhallen. Der Salon ist ein grauenvoll leerer Resonanzkasten. Und darüber schwebt eine kindliche, unerträgliche Frage:

»Glaubst du, daß er mich liebt?«

Und das Bekenntnis. Der vollzogene Akt.

Plötzlich ist es heiß. Wie eine Feuersbrunst in einer eisigen Januarnacht. Jeanne hat ihren Mantel abgelegt. Mit einem Zipfel ihres T-Shirts hat sie ihre Hand verbunden und dabei mit schmerzlicher Neugier, immer noch ungläubig, ihre Tochter angeblickt. Jetzt ist sie wieder hellwach, lauert, will mehr wissen. Um diese Gier zu kaschieren, fragt sie mit eher matter, distanzierter Stimme:

»Was meinst du mit ›vorhin‹?«

»Jetzt gerade, vorhin, bevor er ging, hat er sich auf mich gestürzt ... Hat mich geliebt.«

Jeanne schluckt. Sie hat die kurze Abwesenheit der beiden kaum wahrgenommen. Höchstens fünf Minuten, mehr nicht. Das hat er gewagt! Er hat es gewagt, in ihr Kind die Lust zu ergießen, die er ihr schuldete. Bedenkenlos, und ihr so den Leib ihrer Tochter entrissen; er hat sie einfach genommen, wie ein Mann eine Frau nimmt. Um seine Lust zu stillen. Es sei denn? Es sei denn, ein anderer, intimerer Gedanke habe ihn verwirrt. Plötzlich wird dieser Akt beredt: Über Ihre Tochter erreiche ich gleichzeitig Sie.

»Na und?« hört sie sich schreien. »Wie war's?«

Der Gedanke, sich von ihrer Tochter alles in allen Einzelheiten schildern zu lassen, verursacht ihr eine Gänsehaut.

Sie ist ausgehungert, aber gleichzeitig fühlt sie eine sanfte Süßigkeit in sich. Wie eine reife und wurmstichig gewordene Frucht. Luciles Bekenntnis war wie ein Messerstich. Aber dieser Stich hat ihr gleichzeitig einen Weg zu ihm eröffnet. War der Leib ihrer Tochter nicht auch ihr Leib? Sie erriet alles, als sei es in ihr.

Lucile hat vermutlich nichts erraten. Ein paar Minuten lang haben sie sich auf dem Bett dort drüben geliebt. Der hübsche rundliche, noch warme, von Sperma durchdrungene Körper Luciles leidet, weil da etwas nicht zu Ende gekommen ist, unecht war. Sie ist verzweifelt wie jemand, der bei grauem Licht aus dem Paradies zurückkehrt.

»Wird er es vergessen haben, wenn er zurückkehrt?«

Luciles Stimme klingt zunehmend matter. Jeanne versteht die Frage kaum. Bewahrt ein Mann die Erinnerung an einen hastig und stümperhaft vollzogenen Liebesakt?

Die Mutter erklärt, das sei eine grausame Art, sich blitzartig zu verabschieden. Damit wollen die Männer eine Spur hinterlassen und gleichzeitig alles auslöschen. Lieben, wenn Liebe nicht mehr möglich ist. Niemals ist ihr der Unterschied in der Natur von Männern und Frauen deutlicher geworden als hier in Gegenwart ihrer Tochter. Deren Tränen kullern jetzt auf ihr Kleid, das Busen und Hüften betont.

Sie liebt ihn wie ich, armes Kind, denkt sie bei sich. Das ist zum Jammern.

Dann spricht sie weiter, immer schneller, als könnte sie ihre Tochter durch Worte über eine enttäuschende Realität hinwegtrösten. Sie redet über die Männer, ihre amputierte Liebe, die sich in solchen Akten zeige. Von ihrer beharrlichen Torheit, auf das Wiederaufflackern einer Flamme in einem Spiegel jenseits der Ozeane zu lauern. Allein in der Wüste.

Ihr Arm hat sich um eine mollige Schulter gelegt, die jetzt ganz nahe ist, sie streichelt die noch warmen Wangen und küßt dann die geschlossenen Lider, aus denen einzeln Tränen rinnen.

Jeannes Arme halten ihre Tochter fest umschlossen. Das Unglück wird kleiner. Gibt es eine Ordnung in dieser Unordnung? Jeanne fühlt sich auch betroffen. Sie sieht schon vor sich, wie Mutter und Tochter gemeinsam einen Mann verraten, gemeinsam sich aus den kalten, ungeschickten Händen unsichtbarer Henker herauswinden.

Nun ist es wieder friedlicher geworden.

Am nächsten Morgen spricht es sich wie ein Lauffeuer herum. Die Freunde rufen an. Lucile hebt ab, erzählt die Geschichte. Drei, vier, fünf Mal. Alle sind sprachlos: Was, sie sind abgehauen, sie haben's gewagt, alles zu verlassen – für immer? Es gibt kein anderes Thema. Boris beruhigt, wie versprochen, die aufgeregten Eltern.

Ein paar Tage später sagt Lucile, es falle ihr schwer, ohne die beiden zu sein.

»Man fühlt sich irgendwie allein, sehr einsam, nicht wahr?«

Mit Ausnahme ihrer Mutter interessiert sich niemand für die durch den Fortgang der Jungen entstandene Leere.

»Hör auf, an ihn zu denken. Amüsier dich. In deinem Alter steht einem die Welt offen.«

Zwei Wochen später räumt Lucile ein, es sei vielleicht besser so. Für sie. Sie sucht sich eine neue Liebesgeschichte. Etwas Lebbares. Warten lohnt sich nicht. Lucile ist tapfer. Insgeheim weint sie Julien sicher noch nach. Aber zum Geburtstag wünscht sie sich ein breites Bett, mit zwei Plätzen. Versprochen.

Das wird im Juli sein, in ein paar Monaten. Das Bett wird für jemand anderen sein.

Abends geht Jeanne häufig in eine Weinschenke am Kanal Saint-Martin. Dort werden alte Bordeaux-Weine verkostet. Sie sucht sich einen bestimmten Tisch aus und trinkt einen Wein von 1970, Juliens Geburtsjahr. Auf ihren Wunsch reserviert man ihr denselben Tisch für den nächsten Tag. Manchmal trinkt sie unermüdlich bis in den Morgen hinein. Dann geht sie nach Hause, unter dem Arm einen Teller, in den der Name der Schenke eingraviert ist, *Chez Julien*. Bald wird sie ein komplettes Service zusammenhaben.

»Es ist für die Aussteuer meiner Tochter«, sagt sie.

Nachmittags betritt sie manchmal eines der Hotels in ihrem Viertel, fragt nach den Preisen und läßt sich Fotos von den Zimmern zeigen. Das gleiche tut sie in einem anderen Hotel, ein wenig weiter, in der Nachbarstraße. Als sie an einem kalten Februartag, in ein knöchellanges Cape gewickelt, aus einem Drei-Sterne-Hotel heraustritt, begegnet sie auf dem Bürgersteig einem Bekannten.

»Was machst du denn da?« fragt er, sein Erstaunen nur unbeholfen kaschierend.

Sie lacht überschwenglich:

»Ich bereite meinen Ehebruch vor!«

Dann rennt sie davon.

»Ich leiste mir jetzt solche Eskapaden«, sagt sie zu ihrer Freundin Elisabeth.

Sie wirkt größer, schlanker. Mit ihrem Umhang fegt sie alle Kleinigkeiten des Alltags weg.

So sind wir also, wenn wir nichts anderes tun als warten. Wir schweben auf Wolken, machen große Sprünge, ohne Rast und Ruh, von einem Ort zum andern, der Nase nach, und erhoffen nur das eine: ihn wiederzufinden.

Gleichzeitig laufen wir in alle Richtungen, wie ein streunender Hund, der seine Beute wittert, sich sträubt in der Erwartung eines kaum wahrscheinlichen Sieges und mit gespannten Muskeln auf das verheißene Ziel losrennt. Wir beißen uns in die Flanken, um unser Jaulen zu ersticken. Wir irren durch die Straßen, über die Bahnsteige, die Friedhöfe und haben nur eines vor Augen: in der Menge eine lange glatte Haarsträhne ausfindig zu machen, die auf die Schulter fällt. Wie soll das weitergehen mit uns? Die Welt ist ganz, ihr ist nichts geschehen, nichts fehlt ihr. Bis auf dieses eine, ein einziges Detail.

In dieser sturmumtosten Leere vergessen wir leicht, daß wir noch am Leben sind.

Es war viel von Krieg die Rede, und sie waren fort. Im Haus dachte man an nichts anderes. Es herrschte Endzeitstimmung, überall. Eines Mittags erklärt Lucile bei Tisch:

»Sie sollen sich bloß nicht einbilden, daß sie Helden sind, daß wir auf sie warten. Wir wollen leben.«

Am Telefon sagen sie, sie seien in Perpignan. Warteten noch auf ihren Freund Denis. Anruf des Vaters, sein Sohn vernachlässige sein Studium:

»Denis ist ein Taugenichts, wie seine Freunde.«

Taugenichtse. Nur Juliens Eltern haben sich nicht gemeldet. Juliens Mutter, das erfährt Boris von Hippolytes Mutter, ist Tänzerin: eine schöne Frau, nur nervös, etwas überspannt. Der Vater ist Klempner. »Papa Klempner« hatte Julien manchmal gesagt, mit einem kindlich-frivolen Ausdruck.

Tage vergehen, Wochen. Jeanne ertappt sich dabei, wie sie über die Abwesenden spricht:

»Es ist Krieg. Sie sind dieser Krieg, sie verwüsten alles, nur daß der Schrecken jetzt anderswo herrscht. Das Ende von allem. Nur gut, daß es zuende geht, es war schon zu weit gegangen, jetzt glaubt niemand mehr an irgend etwas. Es ist alles aus, und es mußte so kommen.«

Dann kommen Briefe. Der erste aus Barcelona, an Boris und Jeanne adressiert:

»Was wir erleben, erleben wir durch Sie. Der Verlust ist hart. Dabei würde es genügen, sich anzusehen, hätte es genügt, sich anzusehen. Im Augenblick ist dies hier notwendig, damit wir zu uns selbst finden. Die tibetischen Hausschuhe sind unentbehrlich … Manchmal finden wir es schwierig, unsere Zweifel und Hoffnungen auf eigenen Schultern zu tragen.«

Ein zweiter Brief, von Hippolyte geschrieben, war für Lucile:

»Ein merkwürdiges Gefühl, ein merkwürdiges Vergnügen, wie ein Pfropf hinten im Hals, der da festsitzt, bitter, und den ich nicht runterschlucken kann. Angst, Zweifel. Aber unbesorgt! Ich bin frei. Die Odyssee beginnt.«

Lucile ist wütend. Sie sagt:

»Diese Briefe sprechen niemanden an. Es sind Hirngespinste.«

Dann ein paar Zeilen für Jeanne persönlich, in Alicante aufgegeben, wie im Delirium, unterschrieben mit »Ihr bockiger Julien«:

»Ich bin eine grünspanüberzogene Säule, die einen Erdball trägt. Nie ist die Welt mir so groß vorgekommen, die Völker so zahlreich und das Leben so lang.

Noch bin ich zu nah, um zu begreifen, wie weit der Horizont reicht. Doch der Ruf der Ferne ist gewaltig.«

Vielleicht sind sie wirklich im Begriff, verrückt zu werden. Sie jagen einem Phantom nach. Sie suchen die Wüste, die sie sind. Dann keine Briefe, kein Lebenszeichen mehr.

Jeanne hat Angst. Sie liest den Brief immer wieder, entdeckt Brandlöcher von Zigaretten. Die gleichen Löcher sieht sie – wie sie sagt – auf ihren Handrücken, ihren Körpern. Verwundete. Verwundet ist auch sie. Da kann man nichts machen.

Eines Nachts hat sie einen Traum. Sie ist nach Afrika gerufen worden. Als sie aus dem Flugzeug steigt, wird sie schon erwartet, man fährt sie in den Urwald. Dort angekommen, sieht sie Schwarze, glänzende Körper, die einen Kreis gebildet haben. Trommeln werden geschlagen. Man erklärt ihr, es sei der Initiationsritus für Julien, dem sie beiwohnen soll.

Sie sieht ihn. Er ist geschminkt und trägt auf Gesicht und nacktem Oberkörper obskure Zeichen. Er erkennt sie nicht wieder. Er ist von etwas anderem gefesselt, eine Art einsame Ekstase. Sie ruft seinen Namen. Männer sind um ihn. Man trägt ihm Farben auf, Hände strecken sich nach ihm aus und hinterlassen Spuren auf seinem Körper. Immer schneller kreisen sie um ihn herum. Arme schließen einen Kreis um ihn. Sie rufen ihn bei einem anderen Namen. Seine Augen sind verdreht, er schwitzt. Der Schweiß rinnt ihm über die Haut, über die blauen und weißen Zeichen. Dann bricht er zusammen. Ringsum explodiert die Luft. Schrille Schreie auf dem Höhepunkt der Ekstase. Sein Körper ist an den Boden geheftet, nach unten gewandt, als hätte er in der Erschöpfung die Erde wiederfinden, sie endlich und für immer umarmen wollen. So wie sie ihn an jenem Tag auf ihrem Schoß umfing.

Es hing schon ein Hauch Frühling in der Luft, es roch nach geschmolzenem Schnee, und die Bäume im Garten zogen zartgrünes Blattwerk über. Seit ihrem Gespräch mit Lucile hatte Jeanne sich kundig gemacht, welche Pflanzen man um diese Zeit in die Erde setzen könne. Später dann legte sie sich nach draußen und ließ sich von den ersten Sonnenstrahlen durchdringen. Wenn sie die Augen zusammenkniff, sah sie durch die Wimpern Flecken von Zittergras.

Eines Sonntags Ende März verkündete Lucile:

»Sie sind wieder da!«

Großes Schweigen, langanhaltende, lastende Stille.

»Sie sind im Salon.«

Der Satz hing in der Luft, kein Wort fiel.

Jeanne ging ein warmes Bad nehmen. Seit Juliens Abreise blieb sie stundenlang im Wasser liegen, wie versunken in einem Meer, als Nackenstütze ein Kissen.

Er war wieder da. Was bedeutete das? Sie erinnerte sich kaum noch an sein Gesicht. Sie hatte sich gewöhnt an diese Abwesenheit, die ein ständiger Kummer war, sie war nie mehr allein, nur dem normalen Leben weit entrückt. Seine Anwesenheit? Im Moment ersehnte sie sie weniger für sich als für ihre Tochter. Sie zog Schwarz an und hüllte ihre Schultern in einen Silberfuchs. Als sie auf die Tür zuging, ohne sie zu öffnen, war in ihr diese Trauer, die sich aufzwingt, wenn nichts greifbar ist.

Dann kam Lucile sie holen. Sie maßen einander mit kurzen Blicken und gingen auf den Salon zu. Julien saß unbeweglich in einem Sessel und blickte erhobenen Hauptes den strahlenden Augen von Mutter und Tochter entgegen.

Alle zählten die Sekunden. Nein, sie küßt niemanden, küßt ihn nicht. Sagt reserviert guten Tag und setzt sich.

Julien hatte sich die Haare abrasieren lassen. Er wirkte weniger verletzlich. Manchmal machte er noch diese Handbewegung, als wolle er die Strähnen zurückstreichen. Dann fiel die Hand wieder herunter.

Sie erzählten von dem, was sie gesehen hatten, insgesamt nichts Aufregendes. Teilansichten, zu leicht erfüllbare Wünsche, noch nicht die große Freiheit. Sie mußten es von neuem angehen, von neuem aufbrechen. Der Beweis war noch nicht erbracht. Was für ein Beweis? Sie gerieten ins Stottern, entwarfen sich eine Zukunft – eine Geröllpiste, die geradewegs in die Wüste führte.

Ein niedriges Tischchen, an dem Boris Aperitifs einschenkte. Lucile hatte eine Schallplatte aufgelegt. Alle waren zerstreut. Nur Jeanne hörte ihnen aufmerksam zu.

Als sie aufstand und Julien auf beide Wangen küßte, flüsterte sie ihm ins Ohr:

»Dickschädel. Ich bin froh, daß Sie wieder da sind.«

Beim Abendessen, während dessen Jeanne und Boris als Gastgeber fungierten, machte Lucile den Mund nicht auf. Wieder war von Wüsteneien, von gemeinsam erlebten Ekstasen die Rede, von Tönen, die sie nicht klingen hörte. Und aus ihren Mündern quollen Wörter, die so irreal waren, daß man sich Märchenhafteres gar nicht ausdenken konnte. Sie träumten immer noch. Als Lucile in der Küche verschwand, gab Jeanne Julien ein Zeichen, er solle ihrer Tochter nachgehen, sie nicht allein das Geschirr spülen lassen.

Hippolyte möchte Jeanne unter vier Augen sprechen. Einverstanden. Man hört ihn flüstern.

»Lucile und Julien haben etwas miteinander.«

»Ich weiß«, entgegnet Jeanne.

»Das hat aber nichts zu bedeuten«, fügt er hinzu. »Julien ist ein großer Verführer.«

Jeannes Augen weiten sich, und sie sagt:

»So? Glauben Sie das wirklich?«

Eine rhetorische Frage, wie immer, wenn sie nicht versteht. Und nach einem kurzen Schweigen:

»Aber man gibt seinen Körper nicht einfach so hin. Wenn man mit jemandem schläft, ist die Sache gelaufen. Dann gibt's kein Zurück.«

Jeanne insistiert darauf. Ihrer Tochter wegen. Hippolyte zieht sich zurück, er ist verunsichert.

Ein Verführer? Ein Fremdwort für Jeanne, von ihren eigenen Erfahrungen meilenweit entfernt. Sie kann nie so recht glauben, daß man aus Kalkül, aus Spielerei jemanden verführt. Sie versteht auch nicht, wie man es in diesem Spiel auf mehrere Personen gleichzeitig und in gleicher Weise abgesehen haben kann. Denn für sie besteht ein enger Zusammenhang zwischen Verführung und Wiederholung: Man verführt, wenn man hofft, daß sich etwas schon einmal Erlebtes, das man zwar kennt, aber nicht erschöpft hat, nochmals wiederholen möge. Das überfällt einen, man kann weder etwas dafür noch etwas dagegen tun.

Deshalb glaubt sie so fest an ihn.

Die Jungen gingen nicht aus, rührten sich nicht von der Stelle, sprachen nicht. Alles wie früher. Dasselbe Spiel.

Neben Kafka hing jetzt ein riesiges Plakat an der Wand: der Ast einer Palme in einer Wüste weißer Kiesel. Und ein von innen beleuchteter Globus … Unreife Jungen mit ihren lächerlichen Fluchtträumen. Sie saßen gitarrespielend vor dem Plakat. Warteten, daß die Geschichte sich wiederholte. Auch sie.

Die Vorhänge wurden weder hier noch dort zugezogen, sie saßen da, einander gegenüber, jeder hatte seine Traumlandschaft vor Augen und hegte die Hoffnung, daß im Abendlicht plötzlich eine Gestalt die Höhle der Erinnerung ausfüllen möge.

Von Zeit zu Zeit klingelte in einer der Wohnungen das Telefon. Jeanne hob nur bei jedem zweiten Anruf ab. Wenn überhaupt. Sie sagte zur kleinen Anja: »Ich bin nicht da.«

Die Kleine hatte begriffen, was es bedeutete, wenn eine Mutter da war und doch nicht da war. Recht überzeugend sagte sie: »Mama ist nicht da.«

Drehte sich dann um und fragte: »Hab ich es gut gemacht?«

»Perfekt.«

Es herrschte fast vollkommene Stille. Jeanne ertrug keine Geräusche mehr. Nicht einmal das Klavier. Sie hing mit jeder Faser am erstickten Klang einer Gitarre, der ab und zu herüberdrang. Wie das dumpfe Klagen eines Bettlers. Auf beiden Seiten des Hofes gab es Bettler. Sie belauerten einander. Doch was wollten sie? Aus welchen Tiefen, welch unsagbarer Liebe, erhofften sie sich etwas?

Plötzlich kamen Schritte die Treppe hinunter, gingen über den Hof. Das Außentor schlug zu. Ein paar Minuten später das gleiche Türenschlagen, die gleichen Schritte, nur in die andere Richtung. Jemand ging nach oben, in der Hand ein an der Ecke gekauftes Sandwich und Zigaretten. Das Nötigste für den Abend.

Julien saß mit gesenktem Blick über seine Gitarre gebeugt in der verräucherten bläulichen Zimmerluft. Jeanne fragte sich manchmal, ob er es wirklich war, dieser Mann, der da herumlungerte, ihr wie ein Bild vor Augen schwebte und sich entzog, wenn sie sich auf ihn stürzen wollte. Dieser nichtssagende Junge in einem Fensterrahmen, verklärt vom Schein eines Verlustes. Sie hatte ihn sich so entworfen, und er hatte die Unschuld dessen, der kein Schicksal hat, der nichts verlangt. Der nicht darum gebeten hat, Statist in einem Schattentheater zu sein.

Sehnsüchtiges Warten erfüllte das Haus, jeder lebte in seinen Träumen. Ganz nah, doch getrennt. Ohne einander zu berühren, ohne zu wissen, hatten sie sich vereint. Jeanne redete mit niemandem darüber. Höchstens mit Elisabeth. Dabei sagte sie: »Ich kann nicht mehr. Es ist nicht auszuhalten.«

Ihre Stimme klang kläglich, wie bei einem Kind, traurig, tränenerstickt.

»Was für ein Dickschädel!«

Und ihr einsames Herz strich an den Mauern entlang. Wenn der Verlust sie zu sehr würgte, biß sie die Freundin in die Hand und seufzte mehrmals hintereinander: «Ich halte es nicht mehr aus.«

Sie reihte die Wörter aneinander: »Ich ertrinke. Es tut weh.«

Alles nur vergeudete Zeit. Bis zu dem Tag, wo sie über ihn herfallen und er plötzlich auch nachgeben würde. Dann würde die Stille aufreißen in einem einzigen Schrei und beide sich schuldig bekennen.

So wiederholt sich Geschichte. Erst hinterher begreift man, worum es ging. Jedesmal liebt man mit derselben Hingabe. Um eine Erinnerung auszulöschen.

»Ich bin ausgelaugt. In einer Woche habe ich drei Jahre durchlebt. So intensiv.«

Auch an diesem Donnerstag, wie an allen Donnerstagen, wenn Boris geschäftlich in Bordeaux war, verbrachte Lucile den Abend mit ihrer Mutter. Um Herzensangelegenheiten zu besprechen. Sie hatte sich ein Glas eingeschenkt. Zwischen den beiden Frauen stand unerschütterlich eine Lampe mit schwarzem Schirm.

»Ich hatte dir ja gesagt … man weiß nie. Manchmal …«

»Ja,« sagte Lucile und stellte ihr Glas ab. »Ich bin verliebt.«

Jeanne antwortete nicht sofort. »Intensiv« war das Wort gewesen, das ihre Tochter verwendet hatte. Sie überlegte, was dieses Wort wohl bedeuten sollte, in physischer Hinsicht, und wie schwer sie selbst sich tat, dorthin zu gelangen. Ihr Körper war von einer unbestimmten Angst befallen, einer aufkeimenden Lust, die sich nicht zu offenbaren wagte, die außerhalb von ihr, ohne sie, um sich griff, ein durchwachter Alptraum. Und je mehr Angst sie hatte, desto stärker klopfte ihr Herz. Als sie wieder zu sprechen begann, schenkte Lucile sich schon das nächste Glas ein.

»Ihr habt euch wiedergefunden …, du hast recht, das muß gefeiert werden«, sagte Jeanne.

Und sie füllte sich ihr eigenes Glas randvoll, hob es an die Lippen und trank es in einem Zuge leer. Es war, als habe man ihr ihr Kind geraubt. Nein, ihre eigene Tochter würde ihr nichts davon erzählen. Kein Nahestehender hätte es je vernommen. Luciles Rückgrat war gebrochen. Zusammengekauert, zusammengekrümmt schluchzte sie in den Schoß der Mutter:

»Ja, wir haben uns wiedergefunden. Und es ist aus.«

Niedergeschlagen ließ Lucile sich in die Kissen fallen.

Nach längerem Schweigen faßte sie sich wieder.

»Wie siehst du das?«

Bei diesen Worten wandte die Mutter sich ihr zu, war wieder geistesgegenwärtig.

»Wie soll ich das sehen?«

Dann, nach kurzem Zögern, leise, wie zu sich selbst:

» ...so als hätte er sich alles Körperliche versagt.«

Lucile nickte zustimmend. Dieser Schmerz war ihnen also gemeinsam?

Jeanne leerte ihr Glas, setzte es entschieden ab und trat ans Klavier. Juliens Körper hatte gelogen, war auf ihrer Tochter, in ihrer Tochter gewesen, und doch – nichts, er selbst war nicht dabei gewesen.

Sie klimperte ein paar Noten auf den weißen Tasten. Luciles Kopf lag immer noch auf den Kissen, gedankenverloren.

»Er sagt, er liebt mich nicht. Glaubst du, es stimmt?«

Jeanne machte ein paar Schritte, von einem Ende des Salons zum anderen, und blieb dann, die Flasche in der Hand, vor dem Sofa stehen. Schweigend schaute sie ihre Tochter an, und in ihren Augen, tiefblau wie ein See, unauslotbar, lag Bedauern.

»Das kennt man doch«, sagte sie gereizt. »Das Gegenteil auch. So oder so.«

Ihre Stimme blieb in der Schwebe, sie trat nicht näher an ihre Tochter heran, ließ sie allein dort unten vor den Stufen, ausgestoßen aus dem Paradies. Dann ließ sie sich schwerfällig nieder. Zum ersten Mal hätte sie am liebsten alles hingeschmissen.

»Ehrlich gesagt, wenn du es nicht weißt, wie soll ich es dann wissen.«

»Er hat mir gesagt, es sei aus.«

Eine Woche, dachte Jeanne bei sich. Eine Woche hatten sie gehabt, und schon ist's vorbei! Wo war sie während dieser Zeit gewesen? Sie war hin- und hergerissen. Einerseits wollte sie ihrer Tochter, die sie ja liebte, die Hoffnung belassen, andererseits meinte sie ihr mitteilen zu müssen, was sie für gesichert hielt.

»Alles kann von neuem beginnen, es gab ja schon einmal einen Anfang. Vorbei ist es nie.«

»Glaubst du?«

Zärtlich faßte Jeanne sie unterm Kinn und schaute ihr tief in die Augen.

»Wollen wir uns nicht um das Doppelbett kümmern? Noch vor deinem Geburtstag?«

Wann hatte es angefangen? Wohl irgendwann, irgendwie, zufällig. Eine Handbewegung, ein Kuß. Er war über die Schwelle getreten, und das Haus war in Flammen geraten. Er sagte ja auch, schlicht und einfach, für einen Mann gebe es nichts Banaleres als dieses Geschlecht, das sich ohne sein Zutun Lust verschafft. Er hätte eine erfahrenere Frau gebraucht, die es verstanden hätte, Leib und Seele einzuweihen, um in die Nacht einzutauchen. Ihre Tochter liebte Julien, aber von der Liebe verstand sie nichts. Die Ältere hätte sie darauf vorbereiten sollen. In diesem Moment fragte Lucile:

»Was würdest du an meiner Stelle tun?«

Nein, diese Frage durfte ihre Tochter ihr nicht stellen! Darauf hatte eine Mutter keine Antwort. Wie ihr verständlich machen, daß sie nicht nur ihre Mutter war? Daß auch sie noch Frau war. Und als Frau sie am liebsten zum Teufel wünschte.

Sie hob die Flasche, die sie immer noch in der Hand hielt, an den Mund. Jeanne trank, ohne innezuhalten. Sie tat, was sie am meisten verabscheute: unbeteiligt über den blauen See hinwegfahren, wo ein Kind gestorben war, mit geblähten, sturmerprobten Segeln.

Jeanne öffnete das Fenster zum Hof. Niemand.

Ein schwarzes Band lief auf der erloschenen Fassade entlang.

»Du sollst nicht leiden!«

Langsam sprach sie diesen Satz, und auch ihre Stimme klang jetzt anders. In diesem Moment wäre es möglich gewesen, alles auszulöschen, einander in die Arme zu fallen, voller Mitgefühl, vielleicht auch voll hämischer Freude, gemeinsam zu weinen wie zwei Frauen, die wieder zueinanderfinden, nachdem sie Rivalinnen gewesen waren.

Aber da war dieser entschlossene und harte Blick der Tochter, der die Mutter sprachlos machte. »Ich leide nicht!«

Da wurde die Welt wieder wirklich, die Distanz unüberbrückbar.

»Ach so, du leidest nicht!«

»Nein … Das lohnt sich nicht.«

»Sag das noch mal. Du leidest nicht. Du leidest nicht.«

Andere wären verrückt geworden. Diesen Vorteil hatte die Tochter gegenüber der Mutter, die bei sich dachte: Unglaublich, diese jungen Leute, sie leben wie unter Narkose.

»Was willst du also?« insistierte Jeanne.

»Weiß ich auch nicht. Ich will's nur wissen.«

»Was willst du wissen?«

»Wissen, nichts weiter.«

»Und was noch?«

»Nichts. Wissen will ich es.«

Lucile war mit ihren Kräften am Ende, kannte nurmehr diesen Satz. Schweigen machte sich breit. Als sie wieder normal atmete, hieb sie wieder in die gleiche Kerbe:

»Du kannst es doch rauskriegen, oder?«

In ihrem auf aprikosenfarbener Haut eng anliegenden Kleid stand eine entschlossene Lucile vor ihr. Ihr Gesichtsausdruck hatte sich verändert: die bisherige mädchenhafte Gutmütigkeit war einer herben Entschlossenheit gewichen, erste Züge von Reife zeichneten sich ab. Wie sie da ans Fenster trat, Jeanne den Rücken zukehrte und vage ins Dunkle hinausschaute, glich sie ihrer Mutter in nächtlichen Stunden. Dann sagte sie nochmals, die Lippen an die Scheibe gepreßt, so leise, daß es kaum zu hören war:

»Nur du kannst es in Erfahrung bringen.«

Bei diesem Ansinnen prallten im Kopf der Mutter Gedanken aufeinander. Sprachlos saß sie da, bis sie begriff, daß dies die eigentliche Absicht der Tochter gewesen war. Sie durfte sie nicht enttäuschen. Aber da war auch noch etwas anderes. Sie überlegte eine Weile und sagte dann:

»Ich weiß nicht, ob ich die geeignete Person dafür bin. Aber ich will es gern versuchen. Er wird leichter reden, wenn mehrere dabei sind.«

»Nein!«

Es war fast ein Aufschrei. Lucile trat vom Fenster zurück. Als sie sich beruhigt hatte, sagte sie fast flehentlich:

»Nein, unter vier Augen ist es besser.«

»Bist du sicher?«

»Ja.«

»Und was willst du wissen?«

Jeanne spürt die Erregung in ihren Schläfen hämmern. Lucile blickte ihr frontal ins Gesicht. Zum ersten Mal waren ihre Augen geweitet. »Bitte.«

Die Fenster gegenüber waren jetzt hell erleuchtet. Die Jungen waren da. Lucile wollte Julien sofort informieren. Ihr Gesicht war schon drüben.

»Gut. Sag ihm, er soll rüberkommen.«

»Ich will dich damit aber nicht belästigen.«

Lucile stand schon auf der Türschwelle.

»Geh ruhig. Das ist für mich keine Belästigung, wirklich nicht.«

Jeanne wartete bis spät in die Nacht auf Julien. Mehrmals stand sie auf und ging ans Klavier. Die Jungen dort drüben saßen um die Gitarre herum. Sie schlief ein auf dem Sofa, allein. Völlig angekleidet.

Jeanne hatte Liebeskummer. Das war eindeutig, und ihre Qual übertrug sich allmählich aufs ganze Haus. Sie fühlte sich schwach wie nie zuvor, und diese Schwäche teilte sich mit, als sei dies ihre greifbarste, ihre kostbarste Eigenschaft.

Daß sie Julien ständig auflauerte, war natürlich ein erniedrigendes Benehmen. Von außen besehen. Aber nicht weiter wichtig. Sie tat es gern, wurde sich dessen nicht einmal bewußt. Nur das Verlangen durfte nicht erlöschen.

Je stärker diese Sehnsucht mit Füßen getreten wurde, desto strahlender wurde sie.

Der Frühling war da. Die Sonne blendete. Tagsüber ließ Jeanne an den Fenstern zur Straße hin die Rollos herab.

Eines Abends sitzen sie im Salon mit Freunden, die gerade aus Rußland gekommen sind. Sie serviert Whisky. Sie sprechen über ihre Heimat: Blut fließt über die dicke Schneedecke. Das Schlimmste kommt vielleicht erst noch. Der schlimmste Kampf. Gegen den Haß. Es fängt schon wieder an. Alles kann wieder anfangen.

Schluchzen würgt sie im Hals. Sie schluchzt, den Kopf gegen die Scheibe gelehnt, gegen diese todbringende Außenwelt an.

Dort drüben, auf der anderen Seite des Hofes, steht eine Gestalt. Schwarz zeichnet sie sich ab vor einem blassen Lichthintergrund. Noch immer getrennt. Jeanne kehrt den Gästen den Rücken zu, blickt nach draußen.

Sie betrachtet die dunkle Gestalt hinter dem Fenster dort drüben. Julien. Er reckt sich. Dann flammt ein Zeichen auf in der Dunkelheit, wie beim Indianerspiel, von Graben zu Graben. Ein Flämmchen. Die Flamme des Feuerzeugs beleuchtet eine nackte Brust. Erlischt, flammt erneut auf, erlischt. Ein Zeichen wie unter Verschwörern, um einander zu finden, wenn man die Orientierung verloren hat.

Beide wahren diesen Ernst verschworener Kinder.

Hinter ihr das Geräusch des Gesprächs. Vor ihren Augen, wenige Meter entfernt, Juliens weiße Brust im Flammenschein. Er hat kein Gesicht. Das Gesicht liegt im Dunkeln. Er könnte ein anderer sein. Irgendwer. Jetzt skizziert die Flamme Bewegungen von oben nach unten, von links nach rechts, zeichnet ein weißes Kreuz, leicht versetzt in Bezug auf das schwarze Fensterkreuz. Mehrmals, betont langsam, mit Nachdruck. Von oben nach unten, von links nach rechts, hautnah.

An einem Donnerstag abend kommt Lucile mit einer umwerfenden, dennoch ganz simplen Nachricht:

»Ich habe einen neuen Freund. Wir lieben uns. Julien ist wie ausgelöscht, glaub mir.«

Luciles Kraft ist immens – oder ihre Leidenschaft gering. Jeanne weiß es noch nicht so recht. Lucile sagt, der Neue sei völlig anders. So eine Liebe läßt sich leben. Jeanne sagt:

»Wenn das lebbbar ist, ist Julien in der Tat verloren.«

Lucile möchte so schnell wie möglich umziehen. Sogar in ein anderes Stadtviertel. Sie rät ihrer Mutter, dasselbe zu tun. Dieses Haus hat ausgedient.

Danach platzen beide, ausnehmend fröhlich, bei den Jungen herein. Doch als Lucile sieht, wie ihre Mutter sich auf den Kissen am Boden ausstreckt, geht sie sofort wieder.

Jeanne bleibt, trinkt und raucht starke Zigaretten. Sehr bald schon reden sie allerlei ungereimtes Zeug. Julien lutscht ein Bonbon. Jeanne streckt die Hand aus und bittet ihn, es ihr zu geben.

»Nein.«

Sie nähert sich, um es aus seinem Mund entgegenzunehmen. Speichel, Blut, Sperma lecken. Niemand ist unschuldig. Je näher sie kommt, desto sichtbarer weicht Julien zurück.

»Nein«, sagt er. »Das mache ich nur mit meiner Mutter und mit meiner Freundin.«

Sie sagt:

»Was die Freundin anbetrifft, so glaube ich Ihnen kein Wort.«

Sie erfinden immer mehr Gesten. Wie diebische Kinder. Sie erproben verschiedene Annäherungsmanöver. Plötzlich macht Jeanne einen Vorschlag:

»Zeigen Sie Ihre nackten Füße.«

Jeder zieht Schuhe und Strümpfe aus, zeigt seine Füße.

»Hippolyte hat die Füße Christi«, sagt sie, »verdreht und behaart, wie ans Kreuz geheftet; fehlen nur die Nägel. Füße wie die eines Toten.«

Hier nun Juliens Füße, sie nimmt sie auf den Schoß, um sie genauer zu betrachten. Sie schiebt die Finger zwischen die Zehen und spreizt sie, stellt sich dabei die verliebte Verschränkung ihrer Körper vor. Erst der eine, dann der andere Fuß. Julien mag das nicht. Er will seinen Fuß zurückziehen. Das ist eine Art Vergewaltigung, sagt er. Sie nimmt ihre Ringe ab und steckt sie Julien auf die Zehen. Sie sagt:

»Ich bedecke Ihren Körper mit Gold und Licht.«

Und ein paar Minuten lang gibt er sich hin, mit der Anmut dessen, der glaubt, was man ihm sagt. Und dem Wunder beiwohnt, auserwählt zu sein. Sein Kopf ist ins Halbdunkel getaucht. Sie sieht ihn von unten, durch seine gespreizten Beine hindurch. Die Hose liegt eng an. Männliche, schräg verlaufende Muskeln. Mit beiden Händen wandert sie in der Hose hoch, um die Waden zu fühlen. Lange glatte Haare, wie auf der Brust.

Zwei Wochen später beschließt sie, ihn zu kaufen, seine Jugend auszunutzen. Wenn das Tier sich an einen Ast klammert, ist ihm die Form unwichtig. Julien hat Sorgen, Geldsorgen. Sie kann ihm helfen.

Sie sitzen um den Eßtisch, und wie immer dreht sich das Gespäch um ihre Abreise. Hippolyte träumt, sie würden für Jahrhunderte fortgehen und, nachdem sie die Wahrheit gefunden hätten, unter dem Jubel der Menge, unter einem Spalier gekreuzter Schwerter wie Imperatoren zurückkehren.

»Was für eine Wahrheit?« fragt sie mit weit offenen Augen.

»Da liegt doch das Problem!«

Sie reden weiter. Jeanne beugt sich zu Julien und sagt leise:

»Wissen Sie ... Die Erfahrung der Liebe fehlt Ihnen. So einfach ist das.«

Der schweigende Julien. Jeannes leicht parfümiertes Haar versenkt ihn in kindliche Träumereien. Er kann nicht sprechen. Die Oberlider filtern seinen Blick.

»Man kann alles, alles ist möglich«, proklamiert Hippolyte in wilder Erregung. »Man braucht nur abzuschütteln, was einen hier festhält.«

Eine Frau zum Beispiel, denkt sie bei sich. Nichts, im Vergleich zu allem übrigen.

Hippolyte spricht immer hastiger. Indem er Wörter

aneinanderreiht, bringt er die in ihnen schwelende Angst zum Ausdruck, die Angst vor dem Sturz ins Leere. Was wird dann geschehen? Daran scheint er keinen Gedanken zu verschwenden. So wie die Dinge sich bisher angelassen haben, sind sie gezwungen, bis zum Ende durchzuhalten. Schlimmstenfalls kommen sie überhaupt nie wieder. Und hier haben sie nichts begonnen, was nicht aufgegeben werden könnte.

»Sie vergessen Ihre Freundin Florence«, sagt Jeanne schneidend in Hippolytes Richtung. »Und Sie, Julien?«

Julien stemmt sich gegen die Rückenlehne seines Stuhls.

»Ich …«

Und nach ein paar Sekunden des Nachdenkens:

»Ich muß meine Examensarbeit fertigmachen. Im Augenblick befasse ich mich mit der eines Freundes. Um Geld zu verdienen.«

»Warum nicht mit Ihrer eigenen?« fragt Jeanne.

»Das dauert. Ich bräuchte drei Monate. Und was könnte ich anschließend damit machen?«

»Nehmen Sie sich die drei Monate, das lohnt sich.«

Sie glaubt jetzt, ein Mittel gefunden zu haben, um ihn zurückzuhalten. Wenn er sich für Geld anderen ausliefert, warum dann nicht ihr? Sie wird zahlen, ihn bezahlen.

»Ich werde Ihnen helfen, das kriegen wir schon hin.«

Julien scheint zu zögern zwischen dem Reiz des Risikos, als Weltenbummler ohne Zukunft umherzustreunen, und dem unbewußten Verlangen, voll und ganz von einer Frau abhängig zu sein.

Das ist er wahrhaftig wert, denkt sie bei sich. Einen unbezahlbaren Preis.

Die andere Hand gleitet übers Tischtuch, berührt die von Julien.

Er hat verstanden. Aber es gelingt ihm nicht, den Redefluß von Hippolyte, der neben ihm sitzt, zu überhören.

Jeanne legt ihre Hand auf die seine, bedeckt sie, wohl wissend, was sie damit tut. Eine Hand, die kaum kleiner ist, autoritär und beruhigend. Mit leiser Stimme sagt sie:

»Das wird Ihnen das ganze Leben lang nützlich sein. Denken Sie darüber nach.«

Julien befreit sich von der herrischen, zärtlichen Hand, die die seine umfaßt hält.

»Nein, niemals«, hört er sich antworten.

Seine Stimme zittert. Eine Mischung aus Stolz und Scham. Am liebsten hätte er nichts gehört.

»Warum nicht?« murmelt sie und zerdrückt ihre Zigarette im Aschenbecher. »Geld weist man nicht zurück. Das ist zu banal.«

Julien hält sich die Ohren zu. Jeanne lächelt ihn an.

Plötzlich hebt er den Kopf und starrt sie an. Er kann sich kaum zurückhalten. Wird er sie schlagen, ihr die Augen auskratzen, ihr die mit einer Türkiskette geschmückte Kehle zudrücken, ihr seine Wut ins Gesicht schnauben? Am liebsten würde er sie jetzt nehmen. Ja … ihr Gewalt antun.

Am nächsten Morgen verkündet das Radio den Tod von Serge Gainsbourg. Es spricht sich wie ein Lauffeuer herum.

Sie streifen durch die Straßen auf der Suche nach Erinnerungsfetzen an Gainsbourg: ein Chanson, ein Plakat, Gitaneskippen. Tränen fließen. Auf den Bürgersteigen sitzende Leute erinnern sich. Junge und weniger junge. Gerührt, niedergeschlagen. Gemeinsam pilgern sie durch die Straßen, ganz langsam, auf der Suche nach Gainsbourg. Bis zum frühen Morgen.

Jeanne hat einen Lederblouson übergezogen. Sie ist gekleidet wie die Jungen und all die anderen, die ihnen auf den Straßen begegnen. Keine lauten Worte, sie reden überhaupt wenig.

Als sie um sechs Uhr früh wieder vor ihrer Tür stehen, sagt Hippolyte zu Jeanne:

»Ich glaube, Sie haben ihn überzeugt, was seine Examensarbeit angeht.«

Jeanne hätte diese kurze Zeitspanne bis zur Abreise gern mit Julien verlebt.

Wenn man ihn sah, wie er, der doch eher einem wilden Tier glich, versteinert, verstockt über seiner Gitarre hing, konnte man nur, wie sie, der Meinung sein, daß seine Liebe wie in einem Eispanzer steckte, und daß, wenn das Eis erst einmal zerbrochen wäre, alles Harte an ihm dahinschmelzen würde. Wohl auch, weil Sommeranfang war, die Zeit der aufkeimenden Liebe. Die Abreise war nun für Ende Juli vorgesehen. Jeanne ersann listige Schachzüge: wenn sie Julien haben wollte, mußte sie auch Hippolyte und den Freund Denis akzeptieren. Das Geld zum Reisen fehlte ihnen. Die Fensterläden im Landhaus mußten neu gestrichen werden. Sie heuerte sie an, tausend Francs pro Fensterladen. Das Haus ist groß.

In Fontainebleau, am Ufer der Seine, begannen sie ein neues Leben, umgeben von Hunden und Pflanzen. Im Hof schwenkten die drei jungen Leute die Pinsel, trällerten Melodien und lachten über alles und jeden, bis ihnen die Luft wegblieb. Jeanne hielt sich in der Bibliothek auf, die auf gleicher Höhe lag wie der Hof. Von Zeit zu Zeit blätterte sie in einem Buch. Sie schnappte Gesprächsfetzen von draußen auf. Lachte ebenfalls. Nicht ganz so laut. Alle Türen, alle Fenster standen offen. Es war, als hätten sie gemeinsam neue Kräfte gesammelt, als hätten sie einen schönen Plan zu verwirklichen.

Julien trug eine Latzhose über einem weiten weißen T-Shirt. Vorne eine Beuteltasche, wie ein Känguruh.

»Ihr Innenleben«, neckte sie ihn, wenn sie an ihm vorbeikam.

»Gefällt es Ihnen?«

Sie beobachtete ihn von der Bibliothek aus. Die Hitze klebte, an den Türen, auf der Haut. Die Stunden vergingen. Die Sonne ließ Schatten wandern, von einem Punkt zum andern. Die Jungen lachten, sangen und gestikulierten wild. Gegen Ende des Tages fragte sie sich manchmal, ob sie sie nicht einfach vergessen hatten. Möglich war's. Sie vergaßen alles.

Julien war in seine Arbeit vertieft. Gab sich ahnungslos, als wisse er nicht, daß jemand ihn abgöttisch liebte. Los, wachen Sie auf, machen Sie die Augen zu!

Mal war Jeanne entzückt, sein Jugendbildnis mit ihren Blicken zu umfangen, dieses fein gezeichnete Bild, das all das ausdrückte, was sie zu sehen wünschte. Dann war sie wieder traurig, da sie ganz offensichtlich davon ausgeschlossen war.

Im Schatten der Bibliothek schrieb sie an Julien:

»Sie wissen, daß ich Sie zärtlich liebe. Und dieser Traum, fortzugehen, uns zu verlassen, dieser Traum, der immer stärker wird in Ihnen, er täuscht mich nicht: Sie ertrinken fast schon darin. Mir krampft sich das Herz zusammen, wenn ich daran denke, daß ich Sie vielleicht nie mehr wiedersehen werde und daß die Zeit, die uns gegeben war, nicht ausgereicht hat.«

Das sollte für ihn heißen: Jetzt. Außerhalb der Unendlichkeit.

Julien schmirgelte weiter lustlos das Holz ab. Er glaubte nicht an all dieses Zeug. Er war voll damit beschäftigt, die Reiseprobleme zu lösen, Transportmittel, Rucksack, Musikkassetten. Das schnappte sie immer mal wieder auf, wenn ihr Gerede an ihr Ohr drang.

Als sie gegen fünf Uhr nachmittags auf dem Weg zum Einkaufen an ihm vorbeiging, steckte sie ihm den geschwärzten Zettel in die Tasche seiner Latzhose. Er stand vor ihr, überrascht und willenlos, ein großes Kind, das errötet, wie damals, als sie zum ersten Mal unangemeldet in seinem Zimmer aufgetaucht war und er gesagt hatte: »Was immer Sie wollen.« Damals hatte sie geantwortet: »Das wird mir genügen.«

Gleich danach rannte sie davon, schlug das Portal zu hinter den Jungen. Ihr Bekenntnis würde bestimmt laut vorgelesen werden. Tadelnde Blicke würden bei ihrer Rückkehr auf sie warten.

Sie sitzen schon um den Tisch, das Abendessen ist fertig. Die drei Jungen beobachten Jeanne mit besorgten und zärtlichen Blicken. Sie wollen auch alles teilen! Wie die Erinnerung an die Erstkommunion, die erste Flucht aus dem Elternhaus, den ersten Sündenfall. Ahmten sie nicht schon seit einiger Zeit sogar ihre Stimme und ihre Ausdrucksweise nach, übernahmen ihre Ideen? Immer heftiger hämmerte es in ihr. Dieser Zustand anhaltenden Leids, den verhinderte Liebe bewirkt.

In Gesellschaft der Jungen fühlt sie sich wohl. Julien sitzt neben ihr. Plötzlich legt sie ihren Finger auf sein Kinngrübchen. Er paßt genau hinein. Sie wirkt fröhlich, zeigt ihm die Teller mit seinem eingravierten Namen.

»Ich stelle Ihre Aussteuer zusammen, damit Sie heiraten können, wenn Sie groß und wieder zurück sind.«

Sie lachen. Sie fügt hinzu:

»Sie werden eine meiner Töchter heiraten.«

Vorübergehende Freiheit. Er ist die Verkörperung des vollkommenen Prinzen, der nichts begehrt und dem man alles geben würde.

»In drei Jahren werden die Bäume gewachsen sein, ich werde Ihre Aussteuer beisammen haben, Sie werden ein Mann geworden sein …«

Sie lacht, legt von neuem den Finger in das Grübchen und blickt ihn verstohlen an.

»Ist Ihnen das recht?«

»Das übersteigt all meine Erwartungen.«

Sie fährt fort:

»Was nicht ist, kann noch werden. Die Zeit spielt keine Rolle.«

Damit wollte sie eigentlich nur diesen Augenblick festhalten, ohne Gegenleistung, ohne Zwang, ohne Anfang noch Ende, ohne an etwas zu glauben: um sich an dem Wenigen zu erfreuen.

Das Ende ist ohne Ende. Den, der geht, muß man lassen, weil unklar ist, ob das Verlangen sein Verlangen getötet hat oder ob er sich das Lieben untersagt.

»Ja«, sagt er, »später, wenn ich ein Mann geworden bin …«

Und an seine Freunde gewandt:

»In etwa zehn Jahren. Entsprechend dem Pakt, den wir geschlossen haben.«

Jeanne rechnet hastig: zehn Jahre!

Vor ihren Augen schaukeln junge Mädchen im Wind. Ächzen Bäume. Sie flicht ein Kränzchen aus getrockneten Blumen, wiegt in ihren Armen die Schale mit der nicht gereiften Frucht. Das Alter ist gekommen, und die Zeit ist stehengeblieben. Ihre Haare sind weiß geworden, die Venen springen hervor.

»Verstehen Sie mich doch. Sie werden dann vielleicht ein Mann sein. Ich aber … mein Leben wird zu Ende sein.«

Am selben Abend erfährt sie Genaueres von dem Pakt, der die Jungen eint. Er ist mit der Maschine geschrieben, und jeder besitzt ein Exemplar: Sie versprechen einander, alles zu verlassen, in eine unbekannte Gegend aufzubrechen, sich in zehn Jahren wiederzutreffen.

Julien hätte vielleicht nie an seinem Versprechen gezweifelt, hätte Jeanne sich nicht angesichts ihrer schriftlich besiegelten Niederlage ihm noch in derselben Nacht hingeben wollen.

Vor dem Kamin streckt sie ihm mehrmals die Hand entgegen. Er ergreift sie nicht. In ihrer Verwirrung vergißt sie jede Würde und jede Scham. Sie bittet ihn, sich auf das Sofa zu legen. Das weiße Sofa des 31. Dezember, ein letztes Mal. Er willigt ein. Sie birgt seinen Kopf auf ihrem Schoß.

Er wirkt ruhig, eine starre Ruhe, die seine Unfähigkeit

zur Hingabe verrät. Es fehlt ihm etwas. Sie muß begreifen, daß er für sie nie existiert hat. Er ist verstört durch irgendeine andere Liebe, die wohl auch gestorben ist.

Sie streicht mit den Fingern über die dunklen Brauen des jungen Mannes, über seine bleichen Wangen, seinen geschlossenen Mund, der entstellt ist von dieser Falte, die Mattigkeit ausdrückt. Sie schiebt die Lippen auseinander, legt die zusammengebissenen Zähne frei. Fährt mit dem Finger über die Zähne, zwischen die Zähne, versucht Raum zu schaffen. Er rührt sich nicht. Er ist wie gelähmt vor Angst, sie könne einen anderen Mann entdecken, als ihre Finger sich anschicken, in ihn einzudringen, als sie geschmeidig wie ein Vogel seine Kehle, seinen Rachen zu erkunden suchen. Nein. Sein Verlangen braucht nicht erfunden zu werden: Es ist in ihm seit Anbeginn oder war nie da, wird es niemals geben.

Juliens Kiefer bleiben aufeinandergepreßt wie ein Schraubstock. Er gehorcht einem Gesetz: dem der männlichen Dummheit. In der Kindheit schon geprägt. Das ist nichts Neues: der Mann ist niemals da, wo eine Frau ihn vermutet. Julien will nicht werden, was sie erhofft.

Jeanne weint, hebt mit beiden Händen zärtlich seinen Kopf zu sich empor, haucht ihm auf die Lider, veranlaßt ihn, sie anzusehen. Julien fügt sich. Sein Mund ist gespannt wie ein Seil, als er sagt:

»Nein … nein.«

»Warum?«

Sein Nacken ist steif. Wie vereist. Sie schauen einander an. Sie haben begriffen, daß die Sexualität jetzt gleich die Oberhand gewinnen wird. Doch da stammelt er:

»Ich kann nicht Ihr Liebhaber sein.«

Sie spürt den Hauch seiner Stimme unter ihren Fingern, eine leichte Luftbewegung. Ans Fleisch, das sich verweigert, glaubt sie nicht: die Liebe steckt in dem, der sie bewirkt.

Sie neigt sich über ihn und raunt ihm ins Ohr:

»Aber Sie *sind* mein Liebhaber.«

Sie hört seine hervorgepreßten Worte in sich widerhallen. Was hat er gesagt? Er hat das Wort Liebhaber ausgesprochen. Sie ist sicher, es gehört zu haben. Nichts anderes hat sie gehört, danke, Gott sei gelobt, meine Liebe.

»Ja, Sie sind es bereits.«

Kurz darauf, als Juliens Kopf wieder zurückgefallen ist, streichelt sie erneut seine Augenlider, die gequälten Umrisse seines Mundes.

»Haben Sie keine Angst, es liegt hinter uns.«

Er erhebt Einspruch: Das ist es nicht, es ist unmöglich. Sie hat nichts begriffen! Sie erwidert, doch, doch, aber es sei nicht schlimm, so könne man es doch auch sehen.

Sie möchte sich neben ihn legen, ohne ihn zu berühren. Nur für ein paar Minuten. Er sagt, er hätte ihr nicht gehorchen dürfen, sich nicht auf das Sofa und seinen Kopf in ihren Schoß betten dürfen.

»Das war schon ein Fehler.«

Er sagt es mehrmals. Will sich befreien. Sein Körper ist kräftig, aber ohne Kraft, fast schlapp, seine Brust noch jugendlich, die blassen Augen rot gerändert. Sie drückt ihre halbgeöffneten Lippen auf seinen Mund mit den zusammengepreßten Lippen. Sie küßt diesen Mund, einmal, zweimal, dreimal. Sie befiehlt ihm – ihre Zunge stößt an seine Zähne:

»Herrje, entspannen Sie sich doch.«

Sie beißt in die verschlossenen Lippen.

Dann, unversehens, legt sie sich auf ihn, ihre Schenkel auf seine Schenkel, ihre Hüften auf seine Hüften. Er hat den Kopf zurückgeworfen, die Arme stocksteif. Sie überhäuft ihn mit Küssen, sagt, daß sie ihn unsäglich liebt. Er wiederholt, es sei unmöglich. Sein Körper da unter dem ihren.

Wo liegt der Ursprung dessen, was sie an diesen, ihr verbotenen Mann bindet? Worin liegt seine Verweigerung begründet? Sie küßt ihn wieder und wieder, sucht zumindest eine laue Wärme in ihm zu entdecken. Nach und nach kommt sie zu dem Schluß, daß die Sonne tot ist, daß Nacht herrscht in seinem Körper, daß sie über einem Toten schwelgt, daß jede Hoffnung vergeblich ist. Aber sie glüht, und vielleicht wird er ja doch nachgeben.

Die Turmuhr hat vier geschlagen. Jeanne hat Schritte auf der Treppe gehört. Anja ist aufgewacht. Sie ruft nach ihrer Mutter. Sie hat Pipi ins Bett gemacht. Das ist ihr seit langem nicht mehr passiert. Anja weint.

Mutter und Tochter schliefen schließlich im großen Ehebett ein.

Am nächsten Morgen ist es noch kalt. Jeanne ist ziemlich früh aufgewacht, völlig angekleidet.

Sie hat das Frühstück vorbereitet. Anja hat auch schlecht geschlafen. Die Kleine hat verquollene Augen. In den letzten Tagen hat Julien sich viel mit ihr beschäftigt, während ihre Mutter in der Bibliothek geblieben ist. Sie haben Federball gespielt. Immer mal wieder hatte sie den jungen Mann um die Hüften gefaßt, ihren Kopf an seinen

Bauch gelehnt. So hat dieser große junge Mann zeitweise ihr gehört. Anja weiß, daß Julien fortgehen wird. Sie weint.

Vor ihren Kakaotassen sitzen Mutter und Tochter einander gegenüber, die Ellenbogen auf dem Tisch, das Kinn in die Hand gestützt. Die Kleine sagt:

»Du schläfst mit Julien.«

Jeanne erklärt, daß dies nicht stimme, daß sie geredet und Platten gehört hätten, bis spät in die Nacht, das sei schon richtig, daß dabei die Zeit vergangen sei und sie vergessen hätten, wie spät es war, das sei alles. Sie verhaspelt sich in diesen beschwichtigenden Worten. Ausdauernd sieht Anja ihre Mutter an, die jetzt in ihren Kakao starrt, aber rot geworden ist.

»Weißt du, woher ich weiß, daß ich groß werde?«

»Sag's mir, mein Liebling.«

» … weil ich spüre, daß mein Körper noch etwas klein ist.«

Die Mutter ist ratlos und schön. Was in ihr vorgeht, läßt sich nicht genau erkennen. Sie ist ertappt, wie ein Kind. Sie weiß es, muß es aber vertuschen und sich benehmen wie eine Mutter.

»Trotzdem«, sagt Anja, »sieht's aus, als wärest du in ihn verliebt.«

Jeanne schaut hoch und blickt ihre Tochter an, gibt aber keine Antwort. Die Intelligenz eines Kindes entdeckt, was sie will.

In diesem Moment kommt Julien die Treppe herunter. Auch seine Augen sind gerötet. Er gibt Mutter und Tochter einen flüchtigen Kuß aufs blonde Haar. Er trinkt eine große Tasse Milchkaffee mit viel Zucker. Im Stehen.

Dann ziehen sie los, alle drei, ohne die anderen zu stören. Auf der einen Seite hält Anja die Hand ihrer Mutter, auf der anderen die von Julien.

Komplizenhafte Gesten und Blicke. Eine Zigarette wandert von Mund zu Mund. Mehrmals. Über den Kopf der Kleinen hinweg lächeln sie einander zu. Es ist das Lächeln eines Paares nach dem Liebesakt.

Während des Einkaufens läßt Jeanne ihren zärtlichen Gefühlen für Julien immer wieder freien Lauf. Alles, was ihr passend scheint, ihm Freude zu machen, packt sie ein. Ein wahrer Kaufrausch. Sie füllt den Einkaufswagen mit Parfums, mit Hautcrèmes. Sandelholzduft. Sie packt Räucherstäbchen dazu, für festliche Gelegenheiten. Guten alten Wein: sie kauft zwei Kartons. Wein nach Belieben. Ihr Wunsch nach Liebe läßt sie nach dem berauschenden Liebestrank suchen. Sie fürchtet, er könne noch heute gehen, und sucht, wie und womit sie ihn zurückhalten könnte. Und als sie nicht weiterweiß:

»Nehmen Sie alles, was Sie wollen.«

Julien nimmt nichts, beweist Geduld.

»Ich will nichts«, sagt er.

»Diese Sandelholzmilch? Für die Reise, wenn es Ihnen Spaß macht ...«

»Ihnen soll es Spaß machen.«

»Gut, ich nehm's an.«

Seine Augen lachen. Dann gleiten sie zwischen den Reihen des Warenangebots hindurch wie Schlittschuhläufer in einem Eispalast, die kaum den Boden berühren. Mit traumwandlerischer Leichtigkeit. Doch selbst für solch harmlose Freuden ist kein Platz mehr, befürchtet sie, als ihre Blicke sich kreuzen.

Als sie heimkommen, schmirgeln Hippolyte und Denis gerade mit vereinten Kräften einen Fensterladen ab. Sie sind beleidigt. Warum sind sie so lange weggewesen? Und warum haben sie Julien mitgenommen? Warum wurde einer von ihnen bevorzugt? Lucile und Hippolytes Freundin haben sich zum Abendessen angesagt. Ohne Jeanne haben sie nicht entscheiden wollen. Natürlich ist sie einverstanden. Den Nachmittag verbringt Jeanne in der Küche. Es soll ein königliches Festmahl werden: Hammelkeule, sieben Stunden geköchelt. Das ist ungefähr das einzige Festtagsgericht, das sie zuzubereiten versteht. Den Wein gießt sie in eine Karaffe, einen Saint-Julien 1970. Damit er sich zum Beginn des Essens öffnen und entfalten kann.

Zahlreich sitzen sie am Abend um den Tisch. Das ist behaglich. Jeanne am Kopfende, mit Blick auf die Seine. Wenn die Schleuse geschlossen ist, ruht der Schiffsverkehr. Die Wasserfläche liegt still da, die Wogen des Tages sind geglättet. Tiefes Schweigen. Seit langem ist dies Jeannes Stammplatz; von hier aus kann ihr Blick durch die Glastür in die Ferne schweifen und hinunter in den Fluß eintauchen. Nie hat sie diesen Platz abtreten wollen, wenn sie Freunde um sich scharte.

Julien sitzt zu ihrer Rechten: Wenn er da ist, gebührt der Ehrenplatz selbstverständlich ihm.

Der siebenstündige Hammel, begleitet von ausgereiftem Wein, bringt ihr von allen Seiten Lob ein. Jeanne selbst ißt nicht bei solchen Gelegenheiten. Sie trinkt.

Nach dem Essen sitzt man im Salon ums Kaminfeuer. Wie immer diskutiert Jeanne mit Hippolyte. An diesem Abend geht es um seine Freundin und wie immer auch um ihre Abreise.

Er sagt:

»Florence ist für mich eine Königin. Ich bin verantwortlich für diese kleine Königin. Ich liebe sie.«

Jeanne erwidert:

»Wenn Sie sie lieben, gehen Sie doch nicht fort.«

Hippolyte, niedergeschlagen: »Es muß sein.«

Ein bißchen Hasch ist im Spiel, ein Joint wandert.

»Sie ist keine Königin, sondern eine Frau. Wenn Sie sie lieben, sagen Sie es ihr nicht. Gehen Sie ihr nicht auf die Nerven mit Ihrer Liebe. Lassen Sie ihr freie Hand. Damit sie ohne Sie leben kann.«

Gelten ihre Worte Hippolyte, gelten sie Julien, ihr selbst, ihrer Tochter, den Frauen im allgemeinen?

Sie kennt sich aus. Sie, die Jungen, haben keine Ahnung. Für sie sind Bindungen noch ein Problem. Alle Ängste der jungen Männer liegen da begründet, bei den Frauen. Und über diese Angst kann auch die Liebe nicht hinwegtrösten, weil die Liebe Teil dieser Angst ist. Es ist also ganz natürlich, daß sie sich um Jeanne scharen, sich an ihre Worte klammern, die ihnen in gewisser Weise die Ursache ihrer Verwirrung erklären. Auf der einen Seite sie, die Männer, mit dieser Angst. Auf der anderen Seite die Frauen und ihr Bestreben, sie zum Leben zu erwecken.

Lucile vor dem Kamin, kehrt allen den Rücken zu. Sie müht sich verzweifelt, das Feuer in Gang zu bringen. Jeanne schaut ihr zu.

»Du machst es nicht richtig, Kleines.«

Sie steht auf, gibt Anweisungen und erklärt. Um die Glut zu entfachen, nimmt man Zeitungspapier, knüllt es zusammen, nimmt trockene dünne Späne und legt dicke Holzscheite obenauf. Man hält das Streichholz daran:

Man entflammt zunächst das Papier und die dünnen Späne und bläst dann mit aller Kraft, aus vollen Lungen hinein. Man muß sich leerpumpen wollen und, sobald das erste Flämmchen reagiert, gleich innehalten. Dann sieht man, daß man sich nicht umsonst verausgabt hat.

Lucile versteht. Versonnen blickt sie ins brennende Feuer. Sie wärmt sich die Hände. Kehrt den anderen immer noch den Rücken zu. Sie ist die einzige, die nicht an der kreisenden Zigarette zieht. Denis will sie ziehen lassen, aber sie lehnt ab.

Schweigen. Der Joint geht von Mund zu Mund, jeder nimmt einen tiefen Zug. Denis, der den nächsten Joint vorbereitet, sagt zu Jeanne gewandt:

»Sie sind teuflisch. Ihrer Tochter gegenüber auch. Sie rauchen … und alles übrige.«

Jeanne hat bemerkt, daß Denis geweitete und feuchte Augen hat. Was mischt er sich da ein? Als wären die Dinge nicht schon kompliziert genug! Sie wirft ihm einen wütenden Blick zu. Lucile dreht sich um. Sie mag die Grausamkeit ihrer Mutter. Jeanne lacht.

»Wenn Sie sich nur nicht täuschen!«

Und sie faßt ihre Tochter um die Taille, damit sie auf die Armlehne des Sessels rutscht, auf dem sie sitzt. Lucile wehrt sich ein wenig, wie so oft, wenn ihre Mutter sie in für Kinder unverständliche Welten entführt, doch gleichzeitig weiß sie, daß es ihr Spaß machen wird, sie reden zu hören. Und geredet wird bestimmt noch viel.

»Gut. Reden wir über die Liebe«, sagt Jeanne plötzlich in die Runde.

Und dann: »Legen Sie los, Julien.«

Juliens Gesicht wird hohl. Er zögert. Fast sieht es so

aus, als läge ihm etwas auf der Zunge, das er aber erst noch suchen müßte, als sei die Liebe eine Person, die er vergessen hat. Er zögert lange. Alle Blicke sind auf ihn gerichtet.

»Ich weiß es nicht mehr. Ich war siebzehn.«

Er senkt die Augen. Spricht leise weiter:

»Wenn ich sie ansah, waren es meine Augen. Wenn ich ihre Hand ergriff, war es meine. Wenn ich ihren Leib berührte, war es meiner.«

»Und seitdem?«

Jeannes Stimme klingt gebrochen.

»Aus.«

Wieder Schweigen.

»Wer hat wen verlassen?«

Julien tut so, als müsse er nachdenken. »Ich.«

Jeanne wird langsam ungeduldig. »Und lieben Sie sie noch?«

Julien zögert. »Ich weiß nicht. Vielleicht. Es ist Jahre her …«

»Warum suchen sie nicht nach ihr?«

»Bestimmt nicht.«

Julien sieht Jeanne an. Die anderen scheinen ein wenig entsetzt. Jeanne hält Juliens Blick stand.

»Und was sonst?«

Julien zeigt seine leeren Hände. »Nichts. Einen tieferen Grund gibt's nicht.«

Jeanne wartet noch ab. Dann, in schärferem, aggressiverem Ton:

»Vorwand eines Asketen. Damit kein Zweifel aufkommt über Ihre Fähigkeiten.«

Zeit verstreicht. Niemand rührt sich.

Julien richtet sich wieder auf in seinem Sessel. Unvermittelt – und dies ist vielleicht das einzige Mal, wo er sich von seinen Freunden zu unterscheiden sucht – sagt er:

»Sex interessiert mich. Mehr als Hippolyte und Denis.«

Die anderen protestieren:

»Was soll denn das? Was weißt du denn? Nein, nicht einverstanden. Mag vielleicht sein. Aber im Grunde ...«

Unter Einwirkung der Droge wird ihr Reden zu einer gewaltigen Verschwörerkampagne. Männerabenteuer, ohne Sinn und Verstand.

»He, erinnerst du dich noch ... Nein, das war nicht die ... Die andere, die größere ... Du spinnst! Die aus Amerika, die mit den dicken Titten ... Das war doch ich! ... Nein, ich. Du hast sie bestimmt für eine andere gehalten. Frage der Schnelligkeit ... Das ging blitzschnell. War schnell erledigt.«

Die Jungen waren in ihrem Element.

Allgemeine Leere. Die Sätze schießen hin und her.

»Nicht zu schnell«, sagt Jeanne, um sie zu unterbrechen. »Der Körper kommt nicht mit.«

Sie kann ihren Zorn kaum verhehlen. Lucile spürt, daß sie ihnen gleich, unter dem Vorwand der Trunkenheit, die Stirn bieten, ihrer Wut freien Lauf lassen wird, einer Wut, die auch sie teilt, aber nicht zu formulieren weiß.

Schweigen.

Lucile kuschelt sich in Jeannes Arme, verharrt in den eigenen Abgründen. Für den Augenblick ist sie gerettet. Wenn sie doch nur aufhörten, über Dinge zu reden, die sie ohnehin nicht verstehen kann. Ihre gewesenen Affären.

Florence liegt auf dem Boden, Hippolyte und Julien zu Füßen.

Unvermittelt steht Jeanne auf. Steht mitten im Raum, leicht schwankend, streckt den Hals wie eine Giraffe und blickt in die Höhe. Ihre Augen fälteln sich, als sähen sie unter den Lidern etwas Erschreckendes.

Sie greift ein paar dieser hochtrabenden Sätze auf: »Fortgehen, weggehen, die große Bestimmung, die Zukunft … ein wilde und glühende Welt, das Risiko, der Tod, der Ruhm.«

Dann folgt ihre Deutung: »Weggehen, um allem den Rücken zu kehren, aus Angst vor der Gegenwart. Lieber sterben, als in einer Frau sein, hier auf Erden. Flucht vor dem Risiko, sich hier und jetzt zu verlieren … Hier, verstehen Sie mich richtig«, betont sie nochmals und zeigt mit den Fingern auf ihren Bauch.

Die leidenschaftliche und stolze Miene, die sie aufsetzt, als sie auf ihren Bauch zeigt, bringt ihre Tochter zum Lachen. Jeanne läßt sie mit einem Blick an ihrem Geheimnis teilhaben, aber auch an ihrem Leid.

Die Mutter lacht und lacht. Legt die Hand über die Augen, als habe sie Mühe, die Jungen noch zu erkennen, als suchte sie sie in einer nahegelegenen Wüste.

»Wo sind Sie?«

Und nach einem Blick zur Decke:

»Ach ja, da oben, ganz klein, da beißt ihr euch in den Schwanz. In den Lüften, den Wolken, in der weiten Sphäre, wo nichts ist. Und von dort oben beobachtet ihr uns, uns Frauen, und erinnert uns auf eure groteske Art an euer Versagen, euren Rückzug: unsere kleinen Königinnen, unsere Prinzeßchen, unsere Liebchen, unsere Häschen, es tut uns leid, wirklich leid, und dann vertretet ihr euch die Füße im dunklen Vorraum eurer stinkigen Sporthallen.«

Wenn Jeanne anfängt, ihre Tochter zum Lachen zu bringen, dann nimmt das kein Ende mehr. Was sie auch tut, Lucile kugelt sich. Erst die Giraffe mit dem langen Hals, jetzt eine Telefonvermittlung:

»Die Nummer antwortet nicht. Die Verbindung zwischen Männern und Frauen ist vorübergehend unterbrochen.«

Jeanne läßt sich wie einen leeren Sack in den Sessel fallen. Ihre Tochter lacht immer noch.

»Weiter!«

Luciles »weiter« zwingt Jeanne, wieder aufzustehen. Durch halbgeschlossene Lider blickt sie zu den Jungen hinüber, betrachtet einen nach dem andern. Julien sitzt noch, der Kopf von Florence ruht auf seinem Schuh. Hippolyte ganz dicht neben ihm.

Denis steht abseits, in einem Türrahmen in der Nähe des Eingangs. Jeannes Blick fällt auf ihn. Hochnäsig tritt sie an ihn heran, legt ihm amüsiert die Hände auf die Schultern:

»Ich fordere Sie zum Tanz auf, Monsieur.«

Denis neigt ihr sein entsetztes und zugleich erregtes Gesicht zu und sagt, die Hacken zusammenschlagend:

»Tanzen wir.«

Jeanne wirft das Haar zurück, das sie absichtlich nicht hochgesteckt hat, und schlingt ihre Arme um Denis' Hals. Sie machen ein paar Schritte, und als sie vor Julien ankommen, bietet sie ihrem Partner die zu einem vorgetäuschten Kuß gewölbten Lippen dar.

Das geht zu weit. Vehement packt Julien sie am Arm. Ohrfeigt sie. Sie weicht zurück, dreht sich um sich selbst und fällt in den Sessel. Als das Erstaunen abgeklungen ist, lacht sie. Ein schrilles, kurzes Lachen. Als habe sie Anlaß, zu triumphieren.

Aber Jeanne ist erschöpft. Die Jungen begreifen nicht, was in dieser Familie gespielt wird. Sie haben überhaupt nicht gelacht. Langanhaltendes Schweigen.

»Ihr vergiftet alles mit euren Geschichten«, sagt Denis.

Und Julien, gereizt: »Mich macht nur meine Gitarre geil.«

»Ist uns scheißegal«, antwortet Lucile.

Sie läßt sich auf Jeannes Schoß gleiten und spürt ihren unregelmäßigen, beschleunigten Herzschlag. Diese Frau liebt es, zu zerstören, auch sich selbst zu zerstören. Das ist die krasse, die zum Himmel schreiende Wahrheit, unter der hier alle leiden, vor der sich alle lieber abwenden würden. Oder lachen. Lucile drückt ihre Mutter an sich. Dein Leib ist mein Leib … mehr und mehr.

In diesem Augenblick steht Julien auf: »Es ist Zeit für mich schlafenzugehen.«

Florence wacht auf. Will sich auch zurückziehen. Jeanne sagt zu Hippolyte, er müsse das junge Mädchen begleiten.

»Ich geh später hoch«, erwidert er in seinem Hochmut.

Am Ende des Flurs gibt es ein Schlafzimmer. Das Bett ist breit. Ein breites Bett für eine lange Nacht, bis es dämmert. Ein Mann liegt darin, jung und schön. Ein Muster an Keuschheit, an Kälte.

Ob er häufig Mädchen oder Jungen aufs Kreuz legt, Jeanne weiß es nicht. Um sich in diesem Bett auszustrecken, das sie sorgfältig gemacht, dessen Laken sie glattgestrichen hat, hat er die Kleidung anbehalten, Jeans und T-Shirt. Das Licht ist gelöscht. Die Helligkeit kommt von anderswo.

Am entgegengesetzten Ende des Flurs liegt das Zimmer, wo sie nun im Bett liegt. Der Hunger nach ihm hat den ganzen Tag über an ihr genagt, der Hunger steckt in ihrer Brust wie ein Messer. Sie ist verrückt, ohne ihn zu sein, verrückt nach ihm, Tollkühnheiten werden möglich.

Ob er kommen wird? Das Warten hat sie auf die Matratze gepreßt. Er wird nicht kommen. Und das Lieben wird nie stattfinden. Und wenn er käme? Den Tag über hatte er ihr Zuwendung bezeugt, ohne jegliche Hast, liebevolle Aufmerksamkeit, als sie herumgeschlendert waren und sich mit Blicken gestreichelt hatten.

Im Gästezimmer am Ende des Flurs geht das Licht an – und wieder aus. Er schläft also nicht. Wie ein überfahrenes Tier, platt auf der Matratze. Sie betet zum Gott des Augenblicks. Er ist Meister in der Kunst des Zupackens. »Ihn in meinen Armen haben oder sterben. Heute nacht oder nie sollen unsere Münder einander verschlingen!«

Julien, nur wenige Meter entfernt, betet nicht. Oder er bittet darum, daß der Gott des Augenblicks die Verrücktheiten einer Frau, die im nahegelegenen Zimmer sich nach ihm verzehrt, nicht erhören möge.

Nichts bewegt sich auf der ganzen Länge des Flurs. Es ist auch nicht sie, die Minuten, vielleicht eine Viertelstunde lang gewartet hat und dann aufgestanden ist, bleich, auf bloßen Füßen trippelnd, wie sie es gewiß schon als Kind getan hat, und mit feierlicher Langsamkeit den dunklen Flur durchquert, ohne so recht zu wissen, was sie vorhat. Sie bleibt vor der Tür stehen. Er wird ihr schweres

Atmen wohl gehört haben. Die Bedrohung. Die Tür geht auf.

Es ist dunkel, sie vermutet, daß er da liegt, und so legt sie sich in die Arme des liegenden Mannes, hält die Augen geschlossen und vertraut auf das, was nun kommen wird und das ihr Körper bereits verspürt. Sie, die so viel gegeben hat, verlangt jetzt, daß er ihr gibt, was sie ihm gegeben hat. Jetzt. Jetzt wird sie sich's nehmen.

Im Dunkeln schmiegt sie sich an ihn, den Kopf auf seiner Schulter, reglos nimmt sie als erstes seinen Geruch auf: den herben Geruch seiner Achselhöhlen, seinen Atem. Sie schnuppert, als hätte die Natur sie gelehrt, die Gefahr zu wittern, und die Beute. Das ausgehungerte Tier fordert seinen Anteil. Sie berauscht sich. Der Geruch wird für ewig in ihr bleiben, nicht nur der des Mannes, auch der Geruch der Jugend, des Sich-Quälens.

Julien hält den Atem an. Angst schnürt ihm die Luft ab. Sie stellt sich ein schmerzverzerrtes Gesicht vor. Sie weiß, daß ihre Chance darin besteht, nichts weiter zu tun, als dazuliegen und seinen Geruch einzuatmen. Wie einen verschwindenden Traum. Ohne mit der Wimper zu zucken, in tiefem Schweigen, wie festgenagelt, Leib gegen Leib. Jeannes Kopf liegt auf Juliens Schulter, ihm zugewandt. Zum ersten Mal sieht man, daß sie klein ist; als ihr Liebhaber hat er die ideale Größe. Auch den idealen Körperbau, straffes Fleisch, voller Spannung. Sie geben ein würdiges Bild ab, sie beide, ein Bild der Tugend, harmonisch und scheinbar auf immer unzerstörbar. Julien will nicht mit ihr schlafen. Das sieht man. Das ist auch eine Art zu lieben.

Aber der Gott des Augenblicks ist wachsam. Jeannes

Kopf lastet immer schwerer. Juliens Atem ist sehr warm an ihrem Hals. Und da ändert der auf Juliens Brust liegende Arm seine Stellung, um etwas tiefer erneut innezuhalten.

Julien hält den Atem an. Seine Brust erschaudert unter dem T-Shirt, Jeannes Finger erforschen mütterlich die nackte, eigentlich noch ungeborene Haut. Ihr Kopf in seiner Schultergrube, sein Blut hämmert an ihren Schläfen. Sie spürt, wie der Rhythmus seines Atems sich ändert. Das Leben in ihm weint. Er will nicht. Er will doch. Verzückt, ebenfalls heftig atmend, streichelt sie ihn durch den festen Jeansstoff hindurch. Die Wonne, die Lust!

Voller Anspannung keucht er: »Was wollen Sie?«

Sie spürt die kaum merkliche Erschlaffung seiner Halsmuskeln, das Erschaudern der Haut dicht an ihrer Wange.

Sie wendet nur leicht den Kopf: »Sie. Ich will nur Sie.«

Dann öffnet sie ihm mit einem entschiedenen Ruck den Gürtel, Juliens Atem wird schneller. Sein Bauch ist warm, heftig greift er nach Jeannes Hand: »Lassen Sie das. Das nicht, bloß nicht. Auf keinen Fall.«

Klagend. Julien ist einer von denen, die von Entsetzen ergriffen werden, sobald sie merken, daß man sie liebt. Er will nicht geliebt werden. Er weiß nicht warum. Mit erstickter Stimme wiederholt sie: »Auf keinen Fall.«

Und ihr Gott wendet sich ab, und von neuem halten beide den Atem an. Sie verharrt reglos. Die Worte hallen nach: Auf keinen Fall. Juliens Bauch atmet unter ihren Fingern, schwillt an, flacht wieder ab.

Julien flüstert: »Ich flehe Sie an.«

Jeanne, ganz sanft: »Warten Sie. Da. Es kommt von allein. Lassen Sie's geschehen.«

Jeannes Lippen dicht an seinem Hals sind schon lange zum Kuß geformt. Julien ist schweißgebadet. Er kämpft gegen sie an. Er bewegt die Schultern, damit Jeannes Kopf abrutscht. Sie drückt um so stärker, breitet sich über ihn. Zwischen zusammengepreßten Lippen stößt er aus: »Das ist absurd. Wir haben uns gestern schon geküßt.«

»Gestern ... habe ich meine Lippen auf die Ihren gelegt«, sagt sie. »Das ist alles.«

Es ist zum Lachen. Sie erinnert sich noch gut an seine versiegelten Lippen.

»Und heute?« fragt sie mit gebrochener Stimme.

»Heute ist es dasselbe.«

Juliens Beine und sein Glied sind eingezwängt in die abgewetzte Jeans. Jeannes Hand verstärkt den Druck. Ihrer beider Hände liegen jetzt übereinander auf derselben Stelle. Juliens Hand, die größer ist, bedeckt die von Jeanne. Wenn Jeannes Hand sich bewegt, fügt sich die von Julien. Sie kennt das: ein Naturphänomen, das der Gott des Augenblicks jedes Mal geschehen läßt. Sein Körper erscheint ihr unglaublich hart. Sie erinnert sich nicht, je so viel Männlichkeit berührt zu haben.

Sie sagt: »Das sind Sie.« Es klingt entschieden, und gleichzeitig jubiliert sie innerlich.

Sie fühlt, daß er bereit ist, entzückt sich an dem Geliebten. Fährt mit der Hand an seinem Glied empor, streicht wieder abwärts bis hin zu den geheimen Ursprüngen, um sich zu vergewissern, daß er soweit ist. Daß er begehrt.

Eine Männerhand drückt gegen ihre Hand. Ihrer beider Hände sind eins geworden. Julien bäumt sich auf. Er ist sehr schön, schmerzverzerrt, als er sich plötzlich mit einem Ruck aufsetzt und Worte stammelt, die von seiner schrecklichen Unwissenheit zeugen – oder von seiner Verweigerung. Er schreit mit erstickter Stimme:

»Hören Sie auf! Ich begehre Sie nicht.«

Brutal stößt er Jeannes Hand zurück und läßt sich im gleichen Augenblick aufs Bett zurückfallen. Alles, was hart war, verflüssigt sich, verwandelt sich in unendliche Süße, in Zärtlichkeit, die einem die Kehle zuschnürt. Tränen treten ihm in die Augen.

»Tun Sie es nicht.« Und schluchzend: »Ich will mit Ihnen keine Nummer schieben!«

Langsam, ganz langsam läßt sie sich vom Bett auf den Boden gleiten. Wie in ein Grab. Die Nägel ins eigene Fleisch gekrallt. Entkräftet. Stumm. Was hat er gesagt? Die Liebe müsse erlöschen? Dann ist sie also keine Frau mehr. Die Frau in ihr ist soeben gestorben. Seine Worte haben sie aufgeklärt, über sich selbst und alles übrige.

Julien auf dem Bett starrt zur Zimmerdecke, mit weit geöffneten Augen. Er vernimmt eine Stimme von unter der Erde, die fragt: »Aber warum?« und immer schwächer wiederholt: »Warum?« Das ist die Stimme der Nacht. Danach verstummt aller Widerhall.

Stille. Totenstille. Das Schweigen aller Toten, all jener, deren Leiber in ihrer gewaltigen Einsamkeit gefesselt sind: in der Unfähigkeit zu lieben.

Jemand klopft an die Tür. Julien fährt hoch, zu Tode erschrocken, erleichtert. Es ist Hippolyte, mit bloßem Oberkörper. Es ist kalt im Haus, er wollte eine Decke holen.

Julien sagt: »Ach, du bist's. Leg dich her«, und weist auf sein Bett.

Jeanne, auf dem Boden neben dem Bett, ist starr vor

Kälte. Hippolyte schlüpft unter das Plumeau. Sie spürt, wie der Zorn in ihr hochsteigt, steht auf und schlägt Julien ins Gesicht. Einmal, zweimal. Um es ihm heimzuzahlen.

Es ist fünf Uhr früh. Die blau-weißen Wände bieten keinen Halt. Dieses Zimmer ist Eis. Bevor sie die Tür schließt, sagt sie noch:

»Sie sind ein jämmerlicher Liebhaber. Ich wußte es vorher.« Und dann: »Meine Tochter liebt Sie. Vielleicht sollten Sie zu ihr gehen.«

Um sechs Uhr ist sie draußen, macht eine Runde durch den Garten. Sie lauert auf die Sonne, die nicht aufgehen will. Um acht Uhr deckt sie den Frühstückstisch. Einer nach dem anderen kommen sie herunter. Juliens Augen sind hohl von der Erinnerung an die Nacht. Hippolyte nimmt Jeanne in den Arm.

»Sie haben schlecht geschlafen. Sie hätten mich nur zu rufen brauchen.«

»Das nächste Mal.«

Sie sagt danke. Er drückt sie an sich.

Julien hält den Blick gesenkt, die große Tasse Kaffee, die er mit beiden Händen hält, verbirgt seinen Mund.

Sie ist fertig, sie geht. Beiläufig küßt sie Hippolyte auf die Stirn. Die kleine Florence bedankt sich. Lucile besteht darauf, daß ihre Mutter Boris anruft, bevor sie geht.

Jeanne ist im Hof, geht ein paar Schritte, macht kehrt, klopft ans Fenster, gibt Julien ein Zeichen. Er kommt sofort heraus.

»Machen Sie mir das Tor auf.«

Während sie den Wagen anläßt, sucht sie nach einem endgültigen Satz, unter dem sich der immer noch bohrende Schmerz vielleicht verbergen ließe. Als der Wagen auf seiner Höhe ist, kurbelt sie die Scheibe herunter und streckt ihm, ein Lächeln in den Augen und wieder ganz souverän, die Hand hin.

»Machen Sie sich nichts daraus. Ich suchte nach einem Ende und habe es ja auch gefunden.«

Versonnen blicken sie einander an. Es ist ihre gemeinsame Nacht, die sie da sehen – und das Alter des Anderen.

Bedauernd. Julien lächelt auch. Er sieht etwas anderes, das er nicht wahrhaben will, gegen das er sich sträubt: die Liebe.

Auf dem Gestüt sattelte sie ein Pferd und galoppierte hinaus. Flach auf dem Rücken des Pferdes ließ sie sich dahintragen, immer schneller und schneller, quer durch den Wald. Ein Ast peitschte gegen ihr Auge. Das Auge, mit dem sie ihn angeblickt hatte. Sie mußte das Pferd zum Stall zurückbringen.

Zu Hause angekommen, stellte sie fest, daß alle fort waren. Sie packte die Reste zusammen und warf sie in den Mülleimer. Dann legte sie sich auf das Sofa und rauchte vor sich hin. Trank vor sich hin. Weißwein. Ein leerer Tag, es dämmerte bereits. Sie machte kein Licht. Ihr Auge war geschwollen, unter den Brauen waren ein paar Tropfen Blut hervorgequollen. Doch die Blutung, die sie vielleicht hätte heilen können, war nicht eingetreten.

Am Spätnachmittag rief sie Elisabeth an. Sie diskutierten über die Bedeutung des Wortes »Nummer«. Elisabeth meinte, in dem Ausdruck liege etwas Ungestümes, etwas, das zuschlägt wie ein Hammer. Man sagt, die Nummer eins sein, eine tolle Nummer, eine Nummer abziehen, eine ruhige Nummer schieben, auf Nummer sicher gehen – nichts von alledem paßte auf sie. Er liebte sie also nicht. Jeanne beteuerte das Gegenteil. Julien und sie hätten einen Punkt erreicht, wo Kampf nicht mehr nötig sei. Jenseits der Zeit, der Welt, jenseits des Meßbaren.

Später am Abend kehrte Boris von der Reise zurück. Er respektierte die Dunkelheit und ging, um sich die Beine zu vertreten, von Raum zu Raum. Das war seine Art, sich zurechtzufinden.

Er stellte seiner Frau Fragen. Jeanne erzählte, so schien es, alles. Dazu bedurfte es nicht einmal eines besonderen Mutes. Boris verstand alles, was die Liebe betraf, wußte, daß unter der erstarrten Lava das Blut pulsierte. Sie lag auf dem weißen Sofa, wie immer. Er setzte sich ihr gegenüber, hielt die Hände auf den Knien und hörte ihr aufmerksam zu. Seine Frau hatte schon immer seltsame Anwandlungen gehabt. Dieselben. Vor seiner Zeit jedenfalls, bevor die Kinder kamen.

»Und die Abreise der Jungen?« fragte er.

Er wußte, daß die Reise, über die seit Monaten geredet wurde, für Jeanne ein Stich ins Herz sein würde.

»Es ist noch nicht soweit.«

Wohlvertraute Stille erfüllte das Haus. Wo war ihre Tochter? Bei den Nachbarn.

Jeanne hing ihren Gedanken nach. Es war stockdunkel im Raum. Boris wußte, daß sie ihn zeitweise einfach vergaß.

Er fragte: »Wo bist du?«

Er sah nur den Schattenriß seiner Frau, eine leere Hülle. Der neuerliche Kummer hatte Furchen ins bleiche

Gesicht gegraben. Jeanne hatte ihre Sonnenbrille aufbehalten.

»Mein Gott, nein!« rief er aus. »Das ist doch zu albern!«

Schweigen.

»Was ist albern?« fragte sie gekränkt.

»Es ist albern, dich so zu quälen. Warum?«

Sie nahm die Brille ab, und Boris sah den schwarz-roten Fleck rund um ihr Auge. Das Kainsmal dessen, was nicht stattgefunden hatte. Das einzige, was als Schmerz noch übriggeblieben war. Seine Gattin war verletzt. Eine todtraurige Frau.

Er drückte seinen Mund darauf, küßte ihr die Hände. Boris ist ein mitfühlender und mitleidender Mensch. Dieser unbeholfene Jüngling war zu blind, um zu würdigen, was sich ihm darbot. Zu selbstgefällig. Und er bereitete seiner Frau unerträgliche Qualen. Gleichzeitig zögerte Boris. Was wäre ihm lieber gewesen? Eine unmögliche Liebe kann tödlichen Schmerz verursachen, aber eine erfüllte Liebe kann sehr weit führen, und ob es ein Zurück gibt, ist offen.

Er lag auf Knien vor ihr, geraume Zeit. Hob immer mal wieder die Augen, um zu fragen: »Wo bist du?« und um ihr zu sagen, daß er sie liebe.

In der Nachttischschublade hatte sie ein kariertes, aus einem Schulheft gerissenes Blatt Papier versteckt. Nach dem Ausritt hatte sie es auf ihrem Bett vorgefunden. Bevor sie das Ganze las, waren ihr ihre beiden Namen aufgefallen, in Juliens Handschrift. Also waren sie doch vereint, da, auf demselben Stück Papier, er hatte ihren Bund besiegelt. Dann las sie, was zwischen den beiden Namen stand:

Jeanne,

ich bewundere Sie.
Ich liebte Ihre Blick und
Ihr Lächeln über alles. Diese Verschwörermienen,
die wir manchmal aufsetzten …
Das war aber auch alles, was ich zu geben
vermochte.
Zärtlich,
Julien

Bei »Blicke« fehlte das »e«. Das benutzte Tempus: die Vergangenheitsform.

Das muß jetzt vorbei sein. Nicht noch einmal.

Es ist oft schwierig, sich einzugestehen, daß für einen Pakt zwei Personen nötig sind.

Ein paar Tage später fand sie einen Zettel in ihrer Manteltasche. Die gleiche Handschrift: »Ich liebe Sie.« Unterschrift: Julien.

Wieder in Paris, trifft Jeanne im Treppenhaus auf Hippolyte. Sie blicken sich nur flüchtig an, täuschen Betriebsamkeit vor, obwohl keiner von beiden weiß, wohin er gerade eilen wollte. Durchschaut Hippolyte die Situation? Weiß er, was los ist? Er flüchtet. Vielleicht wäre er lieber schon fort. Er hat alles in die Hand genommen: Reisebüros, Ausrüstung, Reiserouten. Erst die Transsibirische, Moskau, dann Peking, Pakistan, die Gebirgsmassive, die indische Wüste, und dann wird man sehen. Jeanne fragt er nie mehr um Rat. Will er Julien endlich beweisen, daß er ein Mann der Entschlüsse, hochmotiviert und einsatzbereit ist?

Sein Blick funkelt herausfordernd. Er wacht über seinen Freund, damit der Abreise nichts im Wege steht. Julien wohnt woanders. Er hat es nicht mehr ertragen, daß Jeanne nur durch eine Wand von ihm getrennt schlief. Wo ist er? Ein Geheimnis. Und was tut er? Darüber kann man nicht reden. Hippolyte will nichts preisgeben. Er hat beschlossen, sich alles aufzuhalsen, um ihre Männerpläne voranzutreiben. Um Julien vor der lauernden Umnachtung zu bewahren.

Ein andermal sieht man Hippolyte an den Hauswänden entlangschleichen, lautlos wie in einem schlechten Krimi die Treppe hinaufhuschen, immer zwei Stufen auf einmal. Doch sobald er Jeanne sieht, fühlt er sich verpflichtet, ihr ganz schnell etwas anzuvertrauen. Sie werden zu dritt losziehen, unterwegs aber Denis abhängen.

»Wissen Sie, im Grunde hat er nichts mit uns gemein. Er verfolgt egoistische Ziele.«

Darauf hat Jeanne nichts zu erwidern. Wollen sie absolut deckungsgleich sein? Zweisamkeit leben, jegliche Freundschaft ausschließen?

Struppig stehen Hippolyte die Haare vom Kopf, unbeirrbar blickt er sie an, er ist Feuer und Flamme. Ein Mann, der mit seiner Umgebung gebrochen hat.

Wenige Tage später die gleiche Szene. Wieder stoßen sie im Treppenhaus fast zusammen. Hippolyte ist wie ein Wahnsinniger gerannt. Ein Geruch von Verwahrlosung haftet ihm an. Kraftlos. Mutlos. Wie anziehend Julien auf Frauen wirkt, sei ihm jetzt klar geworden, sagt er. Er sei ja auch phantastisch gebaut.

»Er sieht so toll aus, das muß man ja zugeben.«

Seine Stimme verrät, daß er sich keine Illusionen mehr macht. Seine Augen sind voller Trauer, die Schultern hängen eingefallen, er gleicht einem geprügelten Tier. Ein Mann, dem sein Mut abhanden gekommen ist.

Was ist passiert? Hat Julien sich anderswo in ein Abenteuer gestürzt? Ist er dazu fähig? Jeannes Stimme klingt fast genau so unglücklich wie die von Hippolyte, als sie stammelt:

»Er ist vielleicht anders, als Sie ihn sich vorstellen. Oder ich. Vielleicht ist er es gar nicht wert.«

Doch vor Hippolytes Niedergeschlagenheit erwacht in ihr, was gedemütigt worden war: die Siegerlaune.

»Leute, die so toll aussehen wie Julien«, lügt sie lachend, »die gibt's doch haufenweise! Nichts Besonderes! Tausende! Machen Sie sich das mal klar!«

Und sie lacht weiter, mit einer Leichtfertigkeit, die sie nicht aus sich selbst bezieht, die sie sich vielmehr auferlegt, weil sie innerlich verzweifelt ist, oder einfach, weil sie Julien nicht mehr sieht. Weil sie das Schönste an ihm nicht mehr sieht. Was nur er hat.

Ein traumhafter Morgen. Sommer. Ein junger Mann geht durch den Hof. Jeanne ist schon fast am Tor. Hört hinter sich arglose Schritte. Sie ahnt, daß er es ist. Er hat sie noch nicht gesehen. Der Gedanke, er könne ahnungslos unter dem dunklen Torbogen mit ihr zusammenstoßen, läßt sie innehalten. Sie zögert: der Briefkastenschlüssel, vergraben in der Handtasche, das widerspenstige Schloß. Langsame Gesten, die Zufälligkeit vortäuschen, List und aufkeimende Erregung kaschieren sollen. Wie eine Falle, die sie ihm stellt. Klick.

Er ist so dicht hinter ihr, daß sie, als sie sich umdreht, nur ein weißes Hemd sieht, das den ganzen Oberkörper freigibt. Großaufnahme. Die jedes Detail zeigt. Unzählige Härchen, glatt auf kühler Haut. Jeannes Blick trübt sich beim Gedanken an die Süße der Empfindung küssender Lippen auf dieser Haut. Süß wie die Brust des zum Schlag ausholenden Kerkermeisters. Sie reicht ihm bis zu den Schultern.

Julien kann es nicht fassen, hier, so früh am Morgen, ausgerechnet ihr über den Weg zu laufen. Er ist unrasiert, wagt sie nicht zu grüßen, bringt kein Wort heraus. Sie fühlt seinen Blick auf sich ruhen, auf ihren Haaren, die am Ansatz grau sind. Sie ist wie versteinert, doch dann hebt sie den Kopf. Er fragt:

»Sie sind also nicht aufs Land gefahren?«

»Und Sie? Sie sind also noch nicht für immer fort?«

»Das kommt noch.«

Keiner rührt sich. Schweigen. Sie senkt den Blick.

»Ich pflanze erst noch. Aber es wächst nicht.«

Wieder Schweigen.

»Schade«, sagt er schließlich.

»Ja, schade. Da sind widerstrebende Kräfte am Werk.«

Julien fragt, was sie denn dem Boden da abringen will.

»Lorbeer, um Ihrem Stolz Kränze zu flechten.«

Julien scheint gerührt.

»Bei unserer Rückkehr wird der gewachsen sein.«

» … oder abgestorben.«

Sie glaubt seinen Worten nicht, vermag sich ihnen aber auch nicht zu entziehen. Denn sie hört in der Vergangenheitsform, was er im Futur sagt, und fühlt sich dadurch noch schneller die bereits vorgezeichnete Bahn hinabgleiten. Ihr Gesicht ist wie allmorgendlich ungeschminkt, ein vom Alter gefälteltes Gesicht. Zu dieser frühen Stunde ist sie keine Frau nach ihrem Geschmack. Wenn der Schatten des Torbogens sie doch besser verbergen würde … Von oben besehen sind ihre Haare verschlissen.

Altern. Hinauskatapultiert aus der noch verbleibenden Zeit, dasein und schon verschwinden, bevor man sich selbst entschwindet.

Sie hat den Eindruck, Juliens auf ihr ruhender Blick sei endgültig wie ein Siegel, mit dem man einen Brief beschließt. Kein Zurück. Eine Erinnerung zwischen ihnen und zugleich das Vergessen. Unter dem Licht des frühen Morgens spürt sie, wie der Kreis, der sie isoliert, sich schließt. Der Kreis des Todes mitten im Leben. Der Kreis der Unbeteiligtheit. Sie ist fünfundvierzig. Er zweiundzwanzig. Ist der Graben plötzlich sichtbar? Juliens Augen sind ihre Strafe.

Sie spürt, wie sie rot wird, sie wendet sich ab und stößt sich die Schulter am Tor.

Sie rennt auf die Straße hinaus, verfolgt von diesem Männerblick, der in ihr Geheimnis eingedrungen ist. Kopflos läuft sie in der kühlen Morgensonne, bis ihr der Atem versagt.

Julien hält es nicht für angemessen, ihr zu folgen oder sie zurückzuhalten. Die Altersfrage kümmert ihn nicht. Er hat nichts bemerkt. Nicht die grauen Haare, nicht die morgendlichen Falten. Junge Leute haben noch nicht sehen gelernt. Sie sehen nur, was ihnen paßt: sie existiert nicht.

Dies war der Augenblick, wo Jeanne es aufgab, hinter Juliens Liebe herzujagen. Sie beachtete ihn nicht mehr, hielt sich im Salon auf, ohne darauf zu hoffen, ihn auf der anderen Seite des Hofs zu sehen. Sie klagte nicht mehr. Hatte keinen Blick mehr. Manchmal blieb sie bis Mittag ungekämmt und im Morgenrock.

Sie kritzelte Sätze in Notizbücher.

Da sie nicht sprach, steckte sie Elisabeth, wenn diese zu ihr herunterkam, kleine Zettel zu. Darauf standen Sätze, wie etwa: »Liebe ohne Gegenliebe ist eine tödliche Pein.« Oder: »Ich habe einen Heißhunger auf Steine. Muß aber Asche und Staub schlucken.«

Wenn sie die Augen hob, hatte man den Eindruck, sie blicke zum letzten Mal auf und erwarte nichts mehr. Als sei das Bild der Liebe, das nun keine präzise Form mehr hatte, wieder vor ihr inneres Auge getreten. Das Verlangen wieder in ihr beschlossen. Wie zuvor. Der Pfeil, der jemand anderes treffen sollte, vibrierte in ihrem eigenen Fleisch, mit einem schmerzenden, verletzenden Zucken.

Sie bereitete sich auf den Abschied vor.

Eines Tages, während Elisabeth doch den Eindruck hatte, sie bekomme sich langsam wieder in die Gewalt, steckte Jeanne ihr diesen Satz zu: »Altern ist ein Gefängnis, in dem einer zurückbleiben muß.«

Jetzt steht der Termin fest. Das Datum, an dem alles zuende gehen würde.

Jeanne fühlt sich zunehmend schwächer, je näher die Abreise rückt – noch eine Woche. Sie ist abgemagert durch das Warten, die Leere um sie herum, in der alle ihre vergeblichen Versuche widerhallen. Sie spricht nach wie vor wenig. Ein einsames Tier, das im geschlossenen Zimmer hin- und herläuft. Wenn man sie etwas fragt, lügt sie, als könne sie nicht anders.

Julien ist operiert worden. Ein Abszeß hatte sich in der Höhe der Hüfte gebildet. Man konnte zusehen, wie schnell er wuchs. Er hat ein paar Tage im Krankenhaus gelegen.

Er ist noch geschwächt. Ein fast ausgezehrter Körper. Jetzt schläft er nicht mehr. Nachts streunt er an den Gittern des Luxembourg-Parks und dann an den Ufern des Flusses entlang, der Paris zweiteilt. Er trifft Reisevorbereitungen. Denkt nur noch an seine Reise. Verschenkt alles, beliebig, Schallplatten, Bücher, Kleidung, seine Skier. So fällt er, wie er sagt, während seiner Abwesenheit niemandem zur Last. Er behält nur seine Gitarre.

Drei Tage vor Abreise findet noch besagtes Fest auf dem Land statt: Luciles zwanzigster Geburtstag.

Man kann noch draußen zu Abend essen, im Schatten der alten Bäume. Der grüne Rasen wirkt warm in der untergehenden Sonne. In der Mitte die Gestalt einer Frau. Im Hintergrund die Seine, abends still wie ein See.

Jeanne steht dem Fluß zugekehrt, aufrecht, erstarrt durch die drohende Nähe eines Endes. Ihre auffallend trägen Augen suchen ein paar Bilder festzuhalten, Bestätigung dessen, was sie schon weiß. Sie rührt sich nicht. Sie hat gesagt, sie überlasse alles den anderen, die Zubereitung des Essens, das Auftragen und Herumreichen. Sie fühlt sich nicht wohl. Ihre Stimme verhallt, wie eine Abschiedsmusik.

Sie haben sich um alles gekümmert, Wein, gegrilltes Fleisch, Kerzen. Julien läuft unermüdlich zwischen Haus und Garten hin und her. Sie scheint es nicht wahrzunehmen. Dabei ist es das einzige, worauf sie sich konzentriert.

Sie trinkt. Rotwein, Champagner. Achtlos. Dann sagt jemand, es sei Zeit, schlafen zu gehen. Man verabschiedet sich von ihr mit einem Kuß und geht aufs Zimmer. Im ersten Stock geht das Licht an, Boris schließt die Fensterläden des gemeinsamen Schlafzimmers. Die Großmutter der Töchter schließt Jeanne in die Arme, sie hat Tränen in den Augen. Jeanne hat wieder einmal alle glücklich gemacht, die ganz Familie: »Hab ganz herzlichen Dank.«

Jeanne verharrt in der Mitte des Parks, mit dem Rücken zum Haus. Jetzt kommt Elisabeth zu ihr, gibt ihr einen Kuß.

»Ach, du bist's.«

Jeanne erzittert wie jemand, der überrascht wird. Elisabeth sieht, daß auch sie weint, auf ihre Art, unbewußt, die gleichen Tränen wie eh und je. Dann sagt sie, den

Blick in die Ferne gerichtet: »Es war das letzte Mal.« Und lächelt für sich selbst.

Da erblickt Elisabeth Julien, er lehnt an einem Baum, im Dunkel. Der stumme Ausdruck ihrer Gesichter ist ähnlich. Er schaut auf die dunkle Gestalt in der Mitte des Rasens.

Das Ende wird vielleicht länger dauern als geplant.

Hinterher wird sie sich nur an weniges erinnern.

Julien trat von hinten an sie heran, beugte sich herab, hob ihr Haar hoch, küßte sie auf den Nacken, sehr eindringlich beim ersten Mal, als packe er nach einer Beute, und dann noch einmal, an der gleichen Stelle, sehr lange.

Sie hörte das Atmen eines völlig Erschöpften, eines zur Strecke Gebrachten. Gemeinsam blickten sie auf den grauen Fluß. Dann vergrub er seinen Kopf an ihrem Hals und murmelte ihr ins Ohr: »Ich begehre Sie nicht.«

Sie schloß die Augen, und in ihrem Kopf hallte der Satz wider.

Im nun folgenden Schweigen horchte jeder auf das Keuchen des anderen, das so gleich klang wie das eigene. Als Juliens Arme schließlich ihre Brüste umfingen, ihren Leib gegen seinen preßten, erwiderte sie ihm, den Mund in seinem Haar: »Geliebt zu werden, ist mir auch viel lieber.«

Sie ließ sich von ihm streicheln.

Dann richtete er sich auf und trat vor sie hin. Er war groß. Seine breitschultrige Gestalt versperrte ihr den Blick auf die Seine. Er trug ein schwarzes Hemd, lässig bis zur

Taille aufgeknöpft, die Ärmel hochgekrempelt. Er spreizte die Beine und verhörte sie:

»Wer hat Ihnen gesagt, ich sei ein jämmerlicher Liebhaber?«

Sie lachte. »Niemand. Das weiß ich.«

Er lachte nicht. Der beleidigte Gesichtsausdruck eines Mannes, der sich mißt an der landläufigen Vorstellung dessen, was einen Mann ausmacht.

Er packte sie bei der Hand und zog sie mit einem Ruck hoch. Jeanne warf den Kopf zurück und schrie kurz auf. Er riß ihr die Kleider vom Leib und betrachtete die, die er nicht begehrte. Sie spürte, daß er bei jedem fallenden Kleidungsstück immer mehr vergaß, wer sie war, und nur noch einen weiblichen Körper sah. Sein Blick blieb gesenkt. Krämpfe schüttelten ihn. Da fiel ihr ein, daß er ihre Tochter einmal so genommen hatte. Daß das Gleiche sich jetzt vollziehen würde. Anders. Sie sagte zu ihm: »Keine Angst, es ist nicht schlimm.«

Und nun küßte er sie hemmungslos, und er akzeptierte diese Potenz, die auch Teil seiner selbst war, ließ sich überwältigen von der Erfüllung seines Verlangens.

Sie erinnert sich nicht, einen Orgasmus gehabt zu haben.

Boris fand sie tags darauf. Sie lagen im Gras, an der gleichen Stelle, mit offenen Kleidern. Die Sonne stand schon hoch am Himmel. Der Schlaf wird sie spät in der Nacht überwältigt haben. Julien lag zusammengekrümmt, seinen Kopf auf Jeannes entblößten Brüsten, das Gesicht in ihren Haaren, und schlief den Schlaf eines Kindes. Boris weckte seine Frau mit einem Kuß auf die Stirn. Sie löste sich, ohne den Jungen zu wecken, zog ihm nur lächelnd die Schnürstiefel aus, die für den endlosen Marsch durch die Welt bestimmt waren.

Als Julien aufwachte, war sie nicht mehr da.

Später sagte Hippolyte zu Jeanne, er habe Julien in einem abgelegenen Winkel des Gartens in einer stockdunklen Grotte gefunden. Julien habe ihm gesagt, daß sie sich geliebt hätten. Daß es ihn plötzlich überwältigt habe. Daß er vor diesem herrlich reifen Körper, vor diesen milchweißen, noch vollen Brüsten, vor der Wölbung ihres geschundenen Leibes wie selbstverständlich, ohne darüber nachzudenken, zur Ursprache der Menschheit zurückgefunden habe, mit rauschhafter Gier, daß der Gedanke an den Tod ihn dabei zwar gestreift habe, er das Risiko aber eingegangen sei, punktum. Er habe einfach nicht länger auf sie verzichten können in diesem Augenblick, wie in den ersten Tagen, wie seit der Zeit, wo er sich Frauen gegenüber eine Art Schweigegelübde auferlegt hatte.

Die lähmende Angst hatte ihn plötzlich verrückt gemacht. Er hatte sie gestreichelt, ohne sie anzuschauen. Seine Hände ertasteten die Formen eines weiblichen Körpers, er hatte sie heftig, gleich mehrmals geliebt, bevor es Morgen wurde. Am liebsten hätte er sie umgebracht. Jetzt sei er, wie er sagte, befreit. Frei zum Aufbruch. Das mußte noch zu einem Ende gebracht werden, vorher und für immer und ewig. Das war das Letzte, was er zu tun hatte.

Wir kennen weder des Lebens Ende, noch seinen Anfang. Unser Tod und unsere Geburt sind dunkle Übergänge. Dazwischen liegt das, was wir Leben nennen, lange, bewußte Jahre. Doch die Liebe beschwört in der Umarmung diesen ersten Moment wieder herauf und nimmt den letzten vorweg, jedes Mal, wenn wir in die Arme des Begehrten sinken.

So fügen wir die beiden Enden zusammen, bis unsere Lebenskraft erschöpft ist: Der letzte Liebhaber vereint sich mit dem ersten, der seit jeher da ist, und wird so zum wahren Geliebten. Die übrige Zeit versetzen wir bloß Figuren auf dem Schachbrett, mal vor, mal zurück.

Am Tag vor der Abreise war Julien verschwunden, schon seit achtundvierzig Stunden. Das Telefon läutete ins Leere. Wieder ließ Jeanne das Fenster drüben nicht aus den Augen. Sie hatten sich nicht wiedergesehen seit der Nacht im Gras. Gegen elf Uhr abends ging das Licht an. Unverzüglich lief sie über den Hof. Es war unbeschreiblich heiß, selbst zu dieser späten Stunde.

Hippolyte entschuldigte sich für seinen bloßen Oberkörper, er räumte nur noch schnell auf. Sie setzte sich auf den Teppichboden.

»Haben Sie alles, was Sie brauchen?«

Hippolyte machte sich keine Sorgen. In zwei Tagen würden sie weg sein.

Sie ließ ein silbernes tibetisches Schmuckstück, mit einem Türkis in der Mitte, in einen Umschlag gleiten. Um den Hals zu tragen.

»Das ist für Julien. Sagen Sie ihm, daß ich ihn liebe, aber das weiß er ohnehin.«

Hippolyte rief noch etwas, aber sie war schon auf der Treppe.

»Morgen um sieben will ich ihn sehen.«

Sie nannte auch den Treffpunkt.

Von drüben sah sie, wie Hippolyte das Fenster schloß,

den Telefonhörer abnahm und wild gestikulierend redete. Dann löschte er das Licht. Sie hörte ihn die Treppe hinunterstürzen, durch den Hof auf die Straße hinauslaufen.

Noch in derselben Nacht würde Julien den Schmuck aus Hippolytes Händen erhalten.

Am nächsten Tag um sieben Uhr abends hatte sich der Himmel zugezogen. Julien kam verspätet. Sie saß an der Bar. Sie setzten sich an einen Tisch, einander gegenüber. Sie sprach von Gefahren, denen die Jungen ausgesetzt sein könnten, auch das Geld könnte ihnen ausgehen.

Sie schenkte ihm einen Kugelschreiber. »Dann können Sie mir schreiben.«

Julien fragte: »Was haben Sie in den nächsten Jahren vor?«

»Weiterleben, wie immer. *Without you*. Mit und ohne Sie. Machen Sie sich darüber keine Sorgen. Da wird sich nichts ändern. Ich wollte Ihnen danken, Ihnen habe ich es zu verdanken …«

Sie sagte auch noch: »Gehen Sie Ihren Weg. Eines anderen Menschen Traum zu sein, ist nicht lebbar.«

»Sie meinen Hippolyte?«

»Nicht unbedingt.«

Jetzt war der Zeitpunkt da, an dem sie sich trennen wollten. Sie beugte sich vor und sagte zu ihm:

»Legen Sie Ihren Kopf hierhin«, und wies auf ihre Schulter.

»Was haben Sie denn vor?«

»Sie einzuatmen. Man drückt seinen Mund auf den des anderen und vergeht.«

Er lächelte sie an. Dieser Charme, unschuldig und zugleich wachsam, auf der Hut vor Gefahr. Er zögerte, doch dann beugte auch er sich vor, legte seinen Kopf auf ihre Schulter und preßte seinen Mund auf den ihren. Minutenlang atmeten sie reglos mit geschlossenen Augen. Mund an Mund. Er atmete aus, sie atmete ein, er atmete ein, wenn sie ausatmete. Sie verschmolzen zu einer Person. Holten den Atem aus immer tieferen Schichten. Jeanne trank den Speichel ihres letzten Liebhabers. Julien.

Als er sich losmachte, sagte sie widerstrebend: »Jetzt können Sie gehen.«

Sofort stand er auf, strich sich mit beiden Händen die Haare aus der Stirn.

Jeanne schaute ihm nach. Dann folgte sie ihm auf den von Bäumen gesäumten Wegen des Luxembourg-Parks. Julien ging bereits seinen einsamen Weg, frei. Als sei ein Teil von ihm schon lange vorausgegangen. Sie sah seinen Rücken: der scheidende Julien. Die in dunklen Reihen dicht an dicht stehenden Bäume des Parks fesselten ihn mehr als alles andere, mehr als das, was sie ihm geben konnte, was sie nicht hatte. Doch in der Art, wie er ging, bemerkte sie einen Zweifel.

Jetzt wandte er sich um. Die eng anliegenden schwarzen Jeans ließen sein Geschlecht erahnen. Ein leichtes Wiegen in den Hüften, wie um ungestüme Erinnerungen wachzurufen.

Zum letzten Mal kreuzten sich ihre Blicke. Der letzte Blick verschmolz mit dem ersten, der so verhängnisvoll gewesen war. Julien machte eine vage Handbewegung zum Abschied, drehte sich dann langsam um die eigene Achse und kehrte der Frau, die seine Mutter hätte sein können, den Rücken zu. Ein Mann, der nicht weiß, wohin er geht, der nicht weiß, wo er innehalten wird. Jeanne blieb an Ort und Stelle. Sie lief nicht los, nein, sie rührte sich nicht, sie würde sich nie mehr rühren. Ihre Augen waren voller Tränen.

Über ihrem Kopf hatten sich die schwarzen und schweren Wolken zusammengeballt, und als sie die Wassermenge nicht mehr zu halten vermochten, fielen die ersten Tropfen. Dicke Tropfen, zunächst noch vereinzelt. Doch dann öffneten sich die Schleusen, und eine Sintflut ergoß sich.

Nichts mehr war zu sehen am Horizont. Nur die Vertikalen von Baumstämmen, die die Sicht versperrten. Die immer kleiner werdende Gestalt des jungen Mannes verschwamm schon mit den düsteren Schatten des Nichts. Die Welt war so leer wie ein heiliger Ort.

Sie hatte die Augen geschlossen. Eine Zeitlang verspürte sie in ihrem Mund noch etwas Laues, Flüssiges, das nach seinem Speichel schmeckte.

Das Wasser lief ihr den Rücken hinunter, über ihre noch festen Brüste, die Beine entlang. Dann der Anprall einer Woge, alles wurde mitgerissen, ihre Augenlider zitterten: das Meer war entfesselt, milchig, wie der Ausfluß der Lust. Sie wurde zum Meer, in dem sie ertrank. Ein Meer mitten in Paris.

Das war alles. Sie war da und nicht mehr da.

Als sie ein paar Stunden später heimkam, war es schon lange stockdunkel.

Seit Monaten schon hatte Jeanne Liebeskummer. Ein Zeichen von Jugend. Sie litt und jubelte über diese Liebe, die sie zerriß. Sie sagte: wie ein zu gebärendes Kind. Sie schrieb ihm Briefe, wußte aber nicht, wohin sie sie schicken sollte. Er schrieb nicht.

Ein einziges Mal hatte sie etwas von ihm gehört. Neun Monate später. Es war an einem Abend im April. Boris und sie aßen in einem kleinen Restaurant zu Abend. Zwei Tische weiter saß eine Frau, die recht aufgeregt schien und auf einen ihr gegenübersitzenden Mann mit behaarten Händen einredete. Ihre Stimme erfüllte das Lokal, die rauhe Stimme einer Frau, die viel Whisky trinkt. Ein Glas nach dem anderen. Jeanne dachte bei sich, die wird bald unter den Tisch rollen, und der Mann wird sich die Ärmel aufkrempeln. Als sie ihr Glas wieder hob, entriß er es ihr und knallte es auf den Tisch.

»Jetzt reicht's!« sagte er.

Plötzlich vernahm Jeanne einen Namen: Julien. Einmal, dann ein zweites Mal. Der Blick der Frau hatte schon mehrmals auf sie gezielt. Der Mann mit den behaarten Händen fühlte sich eindeutig unbehaglich. Wieder fiel Juliens Name, dann andere, die Jeanne auch kannte: Hippolyte, Denis. Die Namen schwebten im Raum, über dem allgemeinen Lärm. Plötzlich kreischte die Frau:

»Die da drüben hat ihn zerstört!«

Die Frau sprang auf. Der Mann hielt sie am Arm zurück. Aber sie drehte den Kopf und zeigte mit dem Finger in Jeannes Richtung. Alles erstarrte.

An den Nachbartischen hatte man das Besteck aufs Tischtuch zurückgelegt. Der Kellner war stehengeblieben, mitten im Raum, eine Schüssel in der Hand.

Die Frau weinte jetzt. »Sie ist schuld, daß ich meinen Sohn verloren habe. Er ist verrückt geworden!« Der Satz erfüllte das Lokal. Dann haspelte sie leise und hastig noch weitere Sätze, die Jeanne aber nicht verstand.

Aller Augen waren jetzt auf Jeanne gerichtet. Die Frau sah sie ebenfalls an. Sie weinte immer noch. Jeanne hielt dem Blick stand.

Schweigen hing im Raum, wie ein großer weißer Lüster, der unter der Decke hängt. Alle hielten den Atem an. Doch dann zersprang der Lüster. Jemand spuckte aus. »Eine Schande!«

Jeanne und ihr Mann erhoben sich sofort vom Tisch. Ignorierten das Geifern. Böse Blicke musterten die elegante Dame, hochgestecktes blondes Haar, schwarzes Kostüm, kreidebleich.

»Gib mir deinen Arm und mach die Augen zu«, raunte Boris ihr zu.

Lächelnd ging sie vorüber, den Kopf hoch erhoben. Am Arm eines Mannes verließ sie das Lokal, wo man die Liebe bespuckt hatte.

Dies war für sie und für Boris, für sie beide, ein unvergeßlicher, tief empfundener Augenblick. Ein Glück, das niemand ihnen nehmen konnte.

Gestern war die ganze Familie beisammen. Auch Elisabeth war heruntergekommen.

Ein Brief war da. Die Jungen wollten Indien verlassen und, bevor sie nach Frankreich zurückkehrten, in Israel in einem Kibbuz arbeiten.

»Sollen sie doch gleich ganz wegbleiben!« rief Lucile dazwischen.

»Ich würde sie gern wiedersehen«, meinte Boris.

»Juhu!« jubilierte Anja und warf die Arme hoch.

Alle schauten sie an und machten sich lustig über sie.

Lucile hielt die Hand ihres neuen Freundes, ein liebenswürdiger Junge, völlig unaffektiert. Er wirkte verlegen, beunruhigt, das konnte er nur schlecht verhehlen. Boris suchte Jeannes Blick. Sie sprach kein Wort, starrte nur in die Flamme des Feuerzeugs, das sie an ihre Zigarette hielt. Dann warf sie den Kopf zurück und sog den Rauch ein. Sie hoffte, man würde das Thema wechseln. Doch niemand sprach mehr.

Alle hatten plötzlich den Eindruck, alles könne von vorne beginnen. Daß Jeanne sich schon darauf vorbereite, daß sie sich das ganze Jahr darauf vorbereitet hatte. Vielleicht betete sie gar um seine Rückkehr. Ihr zur Schau getragenes Desinteresse war allerdings auch glaubwürdig, sofern es nicht bloß die Verschlossenheit in einem Leid war, das es ihr unmöglich machte zu reden. Man kannte sich nicht mehr aus.

Niemand hat je herausbekommen, ob man in der Familie etwas ahnte, ob sie schweigend übereingekommen waren, so zu tun, als wüßten sie nichts von dieser Leidenschaft. Um sie letztlich zu tolerieren. Aus Taktgefühl. Oder aus Liebe zu ihr.

Alle hielten die Augen gesenkt. Elisabeth sah Lucile an, dann Boris, dann die Schwestern, die Ältere und die Kleine. Sie entsann sich des Abends auf dem Land, unmittelbar vor der Abreise der Jungen. Gegen Ende des Festes waren alle, einer nach dem anderen, auf ihre Zimmer gegangen, hatten ihnen das Terrain überlassen und die Zeit, sich zu lieben. Sie war die letzte gewesen, die sich entschlossen hatte, die beiden allein zu lassen, mitten auf dem Rasen.

Zuerst hatte sie nicht gehen wollen. Sie konnte es nicht glauben. Doch gleichzeitig geschah das alles mit so viel Takt, daß sie es den anderen gleichtun mußte und damit eine nie ausgesprochene geheime Regel befolgte. In dieser Nacht durften sie sich lieben. Mit dem Segen des Vaters, der Töchter, der Freunde.

Alle duldeten es stillschweigend, davon war Elisabeth mehr und mehr überzeugt. Natürlich gab es keiner je zu. Hatte es bis heute nicht getan.

Elisabeth sah Boris an. Boris, woran denkst du? Er hielt die Hand seiner Frau und lächelte liebevoll. Und diese Zurückhaltung war maßgebend, strahlte Ruhe und Autorität aus. Boris sagte, es sei ihr Wunsch, bald in eine neue Wohnung zu ziehen, auf eine einzige Etage, mit Fenstern auf eine sonnige Straße. Ohne Gegenüber. Die Kinder pflichteten ihm bei. Das wäre wirklich besser für alle, nicht wahr?

Elisabeth zieht es vor, in ihr Zimmer im vierten Stock hinaufzugehen. Vor dem Fenster bildet der Regen einen Vorhang. Sie legt sich aufs Bett und weint. Ihr Leben mit Jeanne wird also hier enden, diese lange Freundschaft, eingebettet in eine Familie. Es kommt ihr vor, als sei sie schon Vergangenheit. Ihr Leben ist zum Skelett geworden. Inhaltslos. Ihre Freundin wird von nun an gefahrlos weiterleben. Sie ist in Sicherheit.

Für sie ist bereits jetzt alles aus.

Ihr Liebesleben gleicht einem Himmel, der sich Tropfen um Tropfen geleert hat.

Schmerzgepeinigt steht sie auf, tritt ans Fenster. Immer wieder wird sie von Weinen und Lachen geschüttelt. Sie wird irgendwo in Paris ein Zimmer mieten. In welchem Viertel? Das öde Einerlei der einsamen Tage.

Dort sitzen sie wieder beisammen im Salon, das Natürlichste von der Welt. Nichts wird sie auseinanderreißen, der Kreis ist wieder geschlossen. Das nennt man Glück, natürlich, Jeanne wußte es. Glück ist nicht die Eroberung eines Dinges, eines Fremdkörpers, der einem plötzlich vor Augen kommt.

Aber dieses Jahr, als Julien auftauchte und wieder verschwand, bereut sie auch nicht. Das mitanzusehen, war erregend. Das Feuer, das sie selbst nicht mehr zu empfinden vermochte, hatte sie geblendet, entzückt.

Elisabeths Tränen laufen die Scheibe entlang. Eine letzte Gefühlsregung. Draußen der Regen. Der Widerschein eines fahlen, diffusen Lichts. Dann bricht die Nacht herein, und hinter der Scheibe herrscht völlige Dunkelheit.

Hippolyte teilte Jeanne Juliens Rückkehr mit. Es war Montag morgen, als er über die Schwelle trat, und als sie sein Gesicht sah, wußte sie sofort, daß etwas Schlimmes passiert war. Seine Wangen waren hohl und der Blick so unstet, als sei jemand hinter ihm her. Er redete schnell und leise, in abgehackten Sätzen.

Sie hatten ihre Reise abbrechen müssen, um Julien heimzubringen. Sein Erlebnis in Goa hatte ihn nicht mehr losgelassen. Er behauptete, Gott sei ihm begegnet, und nun dämmerte er im Wahn. Julien – das heißt, was noch von ihm übrig war – hatte seine Verführungskraft gänzlich eingebüßt. Er war in den Wellen und Wirbeln gestrandet, die immer nur sein eigenes Bild, vielfach gebrochen, spiegelten.

Es stimmte allerdings, daß es zwischen ihnen Probleme gegeben hatte. In Goa hatten sie sich getrennt. Julien war zum Statisten seiner eigenen Leere geworden.

»Verstehen Sie das?« fragte Hippolyte. »Es war, als schaute niemand ihn mehr an. Bevor Gott ihm … Aber genau das ist sein Wahn. Er glaubt sich von Gott auserwählt! Hält sich für den Hauptdarsteller im Dienste einer höheren Macht. Er lag da, unterwürfig, lag einfach auf dem feinen Sand am Ufer des Meeres, wie zermalmt, im Drogenrausch, tagelang, vom Meer umspült. Oder er wand sich in Krämpfen.«

Hippolyte hatte ihn mehrmals wieder aufgelesen. Aber Julien wollte die Bühne nicht verlassen, wo Gott ihn frühmorgens und dann auch nachts immer wieder rief. Zwei Wochen lang hatte Hippolyte sich bemüht, ihm begreiflich zu machen, daß der Schatten des Baumes nicht der Baum, sondern dessen Schatten ist. Und Gott niemanden brauchte. Daß er Forderungen stellte, aber nicht wirklich forderte. Und schon gar nicht den Körper eines Jungen, der sich aufgegeben hatte.

Julien hätte ihn beinahe erwürgt. Dann aber hatte er

sich nach und nach mit diesem absonderlichen, so abwegigen Gedanken abgefunden. Aber einer mußte sterben. Das waren seine Worte. Einer von ihnen beiden. Als hätte er geahnt, daß Hippolyte ihn letztlich beherrschen, ihn sich untertan machen würde. Das hatte er sich in den Kopf gesetzt. Der eine oder der andere. Eines Tages hatte er versucht, sich umzubringen, endlich für jedermann ein Niemand zu werden. Am folgenden Tag drohte er damit, seinen Freund zu ermorden.

Was sollte man jetzt tun? Jeanne erbot sich, ihm zu helfen. Zu versuchen, ihn da rauszuholen. Da müsse man sich aber beeilen, sagte Hippolyte. Die Eltern begreifen überhaupt nichts. Juliens Vater will ihn einsperren lassen.

Jeanne bat Hippolyte, sie zu Juliens Eltern zu bringen. Sie wartete unten. Julien wollte sie nicht sehen. Hippolyte überbrachte ihr die Weigerung. Nichts zu machen: er lag im Dunkeln, im unheilbaren Wirrwarr seiner Gedanken, seines dürftigen Wissens, hinter zugezogenen Vorhängen, die geschlossenen Augen auf seine Welt gerichtet, wo nur Gott ihn ansah. Sie wollte er nicht mehr sehen. Niemals mehr.

Rue d'Alèsia. Ein verwahrlostes Mietshaus. Jeanne hastete die zwei Etagen hoch. Trommelte gegen die versperrte Tür. »Julien!« rief sie.

Und lauter: »Julien, machen Sie mir auf!«

Sie flehte: »Julien, ich verstehe Sie! Sie sind Gott begegnet, weil niemand mehr da war für Sie. Jetzt bin ich da. Ich möchte mit Ihnen sprechen. Julien, ich liebe Sie doch immer noch.«

Schweigen. Lange stand sie noch dort, immer lauter klopfend.

Nichts. Sie lauschte auf seinen Atem, ein Geräusch, Tränen, auf irgend etwas, das ihr angezeigt hätte, daß er wieder zu sich kam. Wohl zwanzig Mal drückte sie auf den Lichtschalter, um nicht von der Dunkelheit verschlungen zu werden. Aber das Licht war nie hell genug, und nichts geschah.

Hippolyte neben ihr auf dem Treppenabsatz, auf demselben Raum, rührte sich nicht. Ihm war bereits klar, daß hier nicht mehr viel zu helfen war.

Am nächsten Tag erfuhr man, Julien sei ins Krankenhaus gekommen. Er müsse dort eine Entziehungskur machen, für längere Zeit, da sonst bald ein Rückfall zu befürchten sei. Das Unglück war also geschehen. Jetzt war alles zu spät.

Ein Teil seiner selbst verweigerte sich. Schon bevor er Jeanne begegnet war. Schon vorher. Das lag weiter zurück, in der Kindheit. Unbestreitbar. Sie hätte niemals einen Rettungsversuch unternehmen dürfen.

Der Luxembourg-Park. Jeden Mittwoch holt Jeanne die kleine Anja von der Schule ab. Kinder spielen in der Nähe des Beckens, ringsum die Blütenpracht. Ihre Mütter haben den Kopf der Sonne zugewandt, es ist warm, Glückswellen lassen die Busen schwellen.

Wieder ist es Sommer. Mit geschlossenen Augen macht sie ein paar Schritte unter dem Blättergewölbe: Da hat Julien sich umgewandt, sie sieht seine Augen wieder vor sich, seine störrischen Strähnen. Sie spürt Juliens Zunge in ihrem Mund, seinen Atem, spürt, wie sein Glied anschwillt unter ihrer Hand. Sie möchte vergehen, so genau sieht sie dies alles vor sich. Nein, es ist nicht wahr, wiederholt sie sich unermüdlich. Doch dann blickt sie nur kurz nach oben, in das grüne Schiff einer Kathedrale, und schließt erneut die Augen: Das Bild ist intakt, und sie brennt vor Verlangen. Als ob ihre Hochzeit bevorstehe – aber das Versprechen wird eingelöst werden.

Der Sommer ist noch glühend heiß.

Bald ist es Mittag, Anja wartet vor der Schule.

Vor ihr das Tor am Parkausgang steht weit offen. Sie muß jetzt wirklich gehen. Auf der anderen Seite des Parks, auf der Straße, der normale Autoverkehr auf staubigem Asphalt, Bürgersteige mit lächerlich hastigen Passanten, Häuser aus Stein, die die Lüge behüten, daß es für die Menschen Trost gebe.

Sie ist gegen einen Baum gelaufen, es war der letzte vor dem Ausgang, sie schwankt, muß sich anlehnen. Ihre Augen sind voller Tränen, ihr Gesicht trieft vor Schweiß, auch das Oberteil ihres Kleids ist völlig durchnäßt. Sie hat nichts gespürt. Da steht sie und hämmert mit dem Kopf gegen den Baum. Ich habe ein schönes Leben, wiederholt sie sich unermüdlich, als könne sie das retten.

Ihr Leib preßt sich gegen den Stamm; um Halt zu finden, hat sie sich mit allen Kräften an ihn geklammert. Ihre Nägel krallen sich in die Rinde, bis es schmerzt. Sie weint nicht mehr; sie schluchzt, sie schreit. Aus Leibeskräften ruft sie nach ihm.

Das wird immer seltener geschehen. Mit der Zeit wird dieser verzweifelte Schrei mehr und mehr zum Vorzeichen für einen langen Abschied. Für endlose Winter.

Hippolyte wird sie auch nicht mehr sehen, er setzt sein Vagabundenleben fort. Es mag aber auch sein, daß er eines Tages auf einem dieser Feste, zu denen die großen Töchter alle ihre Freunde einladen, wieder auftaucht. Dann wird er ihr die neueste Version seiner Gralssuche erzählen, erleichtert um das Gewicht, daß Jeanne ihm abgenommen hat.

Auch Lucile ist umgänglicher, unbekümmerter als früher. Sie hat endlich einen Mann gefunden, der sich traut, das Leben zu zweit zu leben. Einen liebevollen Mann, ohne falsche Ansprüche. Lucile sagt, sie habe Zukunftspläne. Das nächste Fest wird vielleicht ihre Hochzeit sein.

Die kleine Anja ist fast schon ein junges Mädchen. Man könnte meinen, diese Geschichte habe sie früher reifen lassen. Sie ist erst zehn Jahre alt, aber unter ihrem T-Shirt sieht man bereits zwei kleine Brüste schwellen. Sie hat sich selbst geformt, als sie sich selbst überlassen war. Als sie die Gesellschaft der Jungen suchte, die genau unter ihrem Schlafzimmerfenster hausten. Sie war in ihre Welt eingetaucht, aus der immer wieder Erwachsenengeschwätz an ihr Ohr drang. Befremdliche Momente der Erregung, die Entsetzen hervorrufen und gleichzeitig Verlangen wecken. Seitdem sucht sie mehr und mehr die Nähe ihres Vaters.

Für Jeanne hat sich nichts verändert. Jetzt sieht man sie häufig vor einem Spiegel sitzen, wo sie sich langsam mit einer Tatsache anfreundet, die sie bisher nicht wahrhaben wollte: Jemand hatte sie nicht so geliebt, wie sie ihn geliebt hatte.

Die Liebe ist im alterslosen Wahnsinn zum Stillstand gekommen. Das zumindest hält jedermann für das Ergebnis dieser Geschichte zwischen Jeanne und Julien. Sie sehen einander nicht mehr. Aber man weiß nicht, ob sie ihn nicht noch immer für ihren Liebhaber hält.

Die Wahrheit steht nirgends geschrieben.

Paris, Juli 1993

Siehst Du, Lucile, wieder ist es Sommer. Mit dem Sommer ging er fort. Seitdem sind genau zwei Jahre vergangen. Du bist glücklich, wie ich glaube, und Du bist auch immer noch meine Tochter. Die ich damals auch liebte.

Ich glaube, daß Du verstehen kannst, was damals geschah.

Jetzt ist alles zu spät. Wir haben ihn verloren, jede auf ihre Art. Ich habe ihn zweimal verloren. Auch heute glaube ich noch, daß er nicht zu Dir paßte, aber ihn Dir deshalb wegzunehmen ... Das war nicht richtig von mir. Ich wollte seinen Körper. Nichts weiter. Seine unverbrauchte, noch nicht ausgelebte Kraft. Ich wollte mich verbrennen. Er war so jung, daß mein Alter plötzlich ins Gewicht fiel. Aber ich hatte keine Angst. Vor nichts, auch nicht vor Deinem Urteil. Kein Urteil hätte mich damals auch nur tangiert.

Ich träume noch manchmal von dem, was war. Von diesem Jahr, als ein Mann uns trennte. Ich höre mich auch noch sagen: Ich werde ihn kriegen, und wenn er sich widersetzt, schlage ich ihn. Mein Wahn. Er ist davongekommen, weil er das Weite gesucht hat. Aber dann hat's ihn erwischt. Er lief in die Irre, auch ohne mein Zutun.

Genug. Vor mir die Zeit, die nirgendwo hinführt, die mich nur altern macht.

Der verbitterte Mund einer alten Frau wird Dir eines Tages sagen: erinnere Dich. Es war am Geburtstag Deines Vaters, im Salon. Da entflammte mein Herz für jemanden, den ich nicht hätte lieben dürfen und durch den unsere Welt ins Wanken geriet. Er erstürmte das Haus und machte sich darin breit. Dieser Junge, der des Weges kam und den ich anbetete, Deine erste große Leidenschaft.

Bis dahin werden wir sogar seinen Namen vergessen haben.

Schon als Kind verspürte ich zeitweise dieses Verlangen nach diesem unbändigen Jubel, der die große Liebe ist: Licht auf Licht, Leib auf Leib. Etwas, das von uns Besitz ergreift, das wir aber nicht besitzen. In dieser Liebe ging es schon um IHN.

Wir haben uns immer geliebt, Dein Vater und ich. Wie ein Paar, das sich wünscht, daß alles andauern möge. Weißt Du das? In dieser Liebe habe ich gelebt, lebe mühelos in ihr, nicht aufgerieben und auch ohne die Widerstände, die ein Bruch nach sich ziehen könnte.

Wir sind, ich gebe es gerne zu, ein Vorzeigepaar. Vereint in der Form, die Du siehst. Und dieses unser Leben habe ich nie zerstört gesehen, weder vorher noch nachher. Wir werden gemeinsam alt werden, ohne die Vorstellung, wir könnten uns betrügen. Bis zu dem Augenblick, da ich von der Bühne abtreten werde, um anderswo meinen Platz einzunehmen, und das wird mein Tod sein: die Einsamkeit des Verzichts auf Lust.

Schau genau hin: das Licht gegenüber brennt immer noch. Verschmolzen mit dem Widerschein des Himmels, einzigartig und klar. Sollte jemand dort sein? Die Liebe zieht uns immer wieder an. Keine Angst. Da ist dieses Licht.

Jeanne